方形の円

偽説・都市生成論

ギョルゲ・ササルマン

JN090142

状の7層のフロアからなる、ミツバチの巣のような外観をしたバビロンならぬヴァヴィロン（格差市）。あらゆる信仰とあらゆる都市を見知った人々が理想都市にふさわしい地を求めてさまよう中、一瞬だけ地平線に見出したアラパバード（憧憬市）。天上と地下に永遠に続いていく超巨大建築都市ヴァーティシティ（垂直市）……。カルヴィーノ『見えない都市』と同時期に構想され、SFとファンタジイの女王アーシュラ・K・ル＝グインが愛し自ら英訳を手がけた、ルーマニアの鬼才が描く空想上の都市と建築についての36編。

方形の円

偽説・都市生成論

ギョルゲ・ササルマン

住谷春也訳

創元ＳＦ文庫

CUADRATURA CERCULUI

by

Gheorghe Săsărman

Cuadratura Cercului © 2013 by Gheorghe Săsărman
"Va prezint orasele mele fantastice" © 2013 Gheorghe Săsărman
afterword for French edition © 2013 Gheorghe Săsărman
foreword for Spanish edition © 2013 Gheorghe Săsărman
afterword for Japanese edition © 2018 Gheorghe Săsărman
Published by arrangement with the author
through Meike Marx Literary Agency, Japan

Comentary of THE ROAD TO π
Copyright © 2013 by Ursula K. Le Guin
First appeared
SQUARING THE CIRCLE: A PSEUDOTREATISE OF URBOGONY,
published by Aqueduct Press in 2013
Reprinted by permission of Ginger Clark Literary, LLC
Japanese translation published by arrangement with Ginger Clark Literary, LLC
through The English Agency (Japan) Ltd.

日本版翻訳権所有
東京創元社

目次

目次・章見出しデザイン　山田英春

日本の読者へ

私の空想都市コレクションの日本語版が出るという知らせはたいそう嬉しい驚きでした。その一番の理由は、ルーマニア文学に精通して、その宝庫の中から、リビウ・レブリャーヌ、ミルチャ・エリアーデ、ミルチャ・カルタレスクなどの重要な作家を日本の読者のために翻訳された住谷春也氏が、私の本に興味を示して、翻訳の労をとってくださったことです。ついでですが、氏は一九八〇年代初めに〈ＳＦマガジン〉誌に私の短編「アルジャーノンの逃亡」を訳載されています。こうして、私の書いたものが、地理的には遠く離れていても、対話のために広く開かれ、共通の価値観、類似点をもち、同時に明確な独自性を相互に発見しようとしている二つの文化の接近の役に立てれば、これ以上の喜びはありません。また、打ち明けて言うと、ＳＦの座標上に星新一《ほししんいち》、小松左京《こまつさきょう》、筒井《つつい》康隆《やすたか》らの巨星を擁《よう》する文学空間に、私を客として迎えていただけるのは大きな名誉と感じています。

日本文化への私の関心は建築史上の記念碑的文化財に刺激された学生時代に遡《さかのぼ》ります。その後、記者として建築と都市計画の時評を執筆していたとき、丹下健三《たんげけんぞう》から菊竹清訓《きくたけきよのり》、磯崎新《いそざきあらた》にいたる数人の代表的な現代日本建築家の仕事を追って嘆賞したものでした。やはりそのころ、三船敏郎《みふねとしろう》の活躍する黒澤明《くろさわあきら》監督の映画や、ほかにも『砂の女』などの傑作フィルムに惚れ込みました。喜多川歌麿《きたがわうたまろ》や葛飾北斎《かつしかほくさい》の浮世絵版画の複製は私にはまた格別な魅惑でした。しかし、当時のルーマニアに日本文学からの翻訳は少なく、思い出すのは井上靖《いのうえやすし》の『猟銃』と清少納言《せいしょうなごん》『枕草子』などです。確かに、言葉という頑固な境界の中で生きる芸術である文学には、公衆の心へ到達するのに、建築や映画や絵画や視覚芸術一般にはない特有の障碍《しょうがい》があります。これはルーマニア語のような流通の狭い言語で書く作家には大きなハンディキャップですが、極東とカルパチア＝ドナウ盆地が地理的に遠く離れているように、系統的にかけ離れた言語が出合うときには一層厳しく感じられます。であればこそ、翻訳家の努力は讃えられねばなりません。

外見上は捏造《ねつぞう》に過ぎないこれらの都市についての短い、またはごく短い物語を収めたこの本では、テキストに純幾何学《きかがく》的な形式化レベルのグラフィック・シンボルを組み合わせることを通じて、また、人間の集落に固有の建築・都市構造の空間性を視覚化する描写に力を入れることを通じて、私は言語の障壁をいくらかでも回避しようとしました。こうすることで、言語のより抽象的な層を振動させようと試みたのです。それは、一般的な意味が浸透し、普遍性があり、ほかの民族語に移転させ易い層です。都市形成の数千年間に蓄積された人類共通の経験は含蓄《がんちく》豊かであり、あらゆるかりそめの境界を越える思考へと誘います。日本の読者にこのメッセージを届けることができたら幸せです。

二〇一八年一〇月　ギョルゲ・ササルマン

方形の円

——偽説・都市生成論——

ヴァヴィロン VAVILON

——格差市

遠くから見ると街は塔型寺院《ジグラート》に似ていた。だが内部構造から判断すると、むしろ何億倍にも拡大したミツバチの巣か、シロアリの巣穴と比較したほうがよい。なぜかと言うと、どっしりした日干し煉瓦《れんが》製の一基の塔とは大違い、ヴァヴィロンは市民全部を住まわせる数万の暗い部屋のあるアーチ状のフロアの重なりだからだ。たいそう魅力的で総合的な描写が『ヨハネ黙示録』一七章五節にある。**「すべての淫婦と地上の醜悪なるものの母、大いなるバビロン」**。その名は今も謎に覆われている。とりわけその解釈には不確実のサインがついている。ある人はヴァヴィロンがVav-ili に由来し、ili は「君公」「統治」あるいは「統治する」だと主張する。だが最大の困難は語根 vav の翻訳で、インド=ヨーロッパ諸語の比較研究では何も言われていないが、vav は *bab* つまり門から来ている可能性がある。私としては、この不明瞭な語は「平等」あるいは「自由」を意味すると考えたい。それならヴァヴィロンは「平等の支配」「自由の支配」とか「統治の自由」などと訳されよう。これらの意味は後の方でもっと明らかにしたいと思う。

始めに見たように、街は色違いの煉瓦で築かれたフロアの重なりでできていて、全部で七層ある。各階の広さは上に行くほど狭いので、全体の形は階段状のピラミッドに似ていた。面積が一番大きい第一段は灰色で、奴隷が住んでいた。奴隷は耕《たがや》す土地と具合よくつながるわけだった。第二段は黒色で、自由人を自認する職人と商人の階であり、家賃はまあまあというところだった。紫色の三階は軍人が占領していた。四階は青色の煉瓦造りで、建てている時から僧職のものだった。高位高官はオレンジ色の五階を支配した。銀色の煉瓦を張った六階には王が座った。街全体は王の所有であった。六階の部屋には夢のような宝物や破格な美術品が納められているという噂があったけれども、それを実際に見たことがあると言い張れるものはいなかった。最後に、第七階はほかならぬカドゥック神の金無垢《きんむく》の神殿だった。

階と階をつなぐスロープ状の道は急傾斜で、磨《みが》き上げられ、特命従業員が毎朝できるだけよく滑るように革袋一杯の油を流した。そのため、降りるのはだれでも速くできたが、登ることに成功するものはごく希《まれ》で、それも最高に熟練した這い上がり名人にしかできないことだった。しかし法律は全市民の平等を宣言しており、だれにも挑戦の機会は均等に与えられているので、特に油が乾き始める日暮れ方になると、黙々とした群衆が手摺《てすり》の下にひしめいた。その人数は下の階ほど多く、上へ行くに従って少なくなる。

自分の技がどこまで通じるか試したことのない人は少なかったが、やりおおせる人はもっと少なかった。そうして、上の階ほど傾斜が緩やかなのにもかかわらず、ヴァヴィロンの長い歴史を通じて、二つ以上の階を上る力があることを証明したものはほんの数人しかいなかった。

見物できるようになるまでに、ヴァヴィロンは七×七＝四九回もの戦火、崩壊と再建、無人化と再定住を経ねばならなかった。アッシリア人、エラム人、ヒッタイト人、ペルシャ人、ギリシャ人、アラブ人の侵略による長い一連のローラー作業のあげくに、とうとう平らになって、砂と荒野に覆われてしまってから、初めて考古学者の発掘が行われ、重要な観光スポットとなっている。

しかしながら大昔には、全市民の平等という理念――法律によっても公認されていた――は夜ごとにカドゥック大神ご自身によってシンボリックに再確認がなされていたのである。この驚くべき事績は次のように実行された。毎夜、神は第一段の奴隷階の若い娘一人を妻として選び、一緒に無礼講の遊びを朝まで楽しんだ。明け方、王が特殊な滑落防止サンダルを履いて聖なる儀式執行のために神殿に登ると、そこには黄金のベッドに奴隷少女の体があり、王は死亡証明書提示も待たず、生体検査の請求さえせず、その体をあの怖ろしい高みから投げ出す。不死なるカドゥックの神の平等を告げ知らせる愛の情熱を生き延びる娘はいなかった。

そうしてもしも、一六世紀の後に、サマルカンドの大臣の四人の妻の一人がシェヘラザードを生まなかったら、誰一人、神の夜の婚礼の物語がただの作り話かもしれないなどと疑ったりはしなかったろう。

アラパバード　ARAPABAD
——憧憬市

一行は手綱《たづな》を引き締めて下馬した。忠実な奴隷の跪拝《きはい》に迎えられ、日焼けしたこめかみを冷やそうとアーケードの奥に落ちついた。体を洗わせ、香油を塗らせ、宴《うたげ》を催し、耳をフルートとタンバリンの嘆き節で楽しませ、目を少女たちのしなやかな腕と胴に憩《いこ》わせた。最愛の妻たちと愛を交わし、軽くまどろみ、夜明け前に外からは覗けない中庭に降りたって、つぼみの膨らみかけた薔薇《ばら》の露《つゆ》を詩句に託して瞑想にふけるのだった。

すでに彼らは地上を縦横に踏破し、あらゆる信仰とあらゆる都市を知った。自分たちの街の歪んだ通りや無表情な壁やひょろりとやせた尖塔《ミナレット》にはもう満足できなくなった。もはやこの都市を築いた立地さえもふさわしくは思えなくなった。施錠した扉の奥での懶惰《らんだ》のひと時はどうかと言えば、それこそ放浪の間あれほどに憧れたものなのに、今の彼らには吐き気をもよおすばかりであった。そこで、モスクの中庭の集会で、浄めの水に足を浸《ひた》して洗いながら、コーランを燃やそう、街を焼き払って、歴史もなく似ても似つかない別の街を造ろうと決めた。その日のうちに財産とハレムを駱駝《らくだ》に積み、すべての壁を崩して炎の餌食《えじき》にした。駿馬《しゅんめ》に打ち跨《またが》り、鈍重なムカデなみのキャラバンを従えて、未曾有《みぞう》の城砦をうち建てるべき理想の場所を求めて出発した。

長年さまよい続けたが、選ぼうとするたびに必ず不満の理由が見つかって決定に至らなかった。時とともに彼らの心に疑念が忍び込み始めた。いったい、企《くわだ》てを実現することはできるのだろうか？　もしかして――たとえふさわしい場所を見つけたとしても――建設した結果はむなしく、壊した街やほかの街との思いがけぬ類似を示したりはしないだろうか？　無人の荒野へ旅立つ前にもっと熟考すればよかったものを、と悔やむものもいて、きりもない空虚な論争になる。ごく分別に長《た》けた人たちですら、時折、自問するのだった。果たして自分たちの子孫は過去を持たぬ都市での生活を受け入れるだろうか、もしかすると自分たちの前例を追って、子孫もまた新しい住み処《すみか》に火を放ち、別の街を建てに出かけるのではないか。このような宿命の恐ろしい予感がやがてやる気をすべて麻痺させるに至った。

それ以来、この異端の民はあてどもなく沙漠を這いずっている。ときどき、運命の呪いを思い出させるためか、地平線に未発の城砦の心ときめく幻が現れる。そうして束の間、人々は熱烈な偽りの至福に包まれる。

ヴィルジニア　Virginia
——処女市

「だれ、そこにいるのは？」アンティオペーは声を荒《あら》らげて半身を起こした。

大理石の甃《いしだたみ》をぴたぴたと踏む足音が聞こえたような気がしたのだ。音はまた聞こえた。松明《たいまつ》を一つ外して持ち、数歩進み出た。一体何者が、この深夜に、命令を踏みにじって宮殿に入り込むのか？　そもそも玄関の娘らは何を見張っていたのだ？　衛兵を呼ぼうとしたその時、列柱の間に闖入者《ちんにゅうしゃ》が姿を見せた。本能的に手を腰に回したが忘れていた、寝る前に剣もベルトもみんな外してあった。松明の揺らめく明かりの中で二人の視線が出合った。心臓を突然エロスの矢に射抜かれて、恐怖の女王はおずおずと瞼《まぶた》を伏せた。

「何をする気？……」心弱くあらがいつつも、逞《たくま》しい腕で赤児のように抱き上げられ、女王の足の下を大地が逃げ去る。

いいや、こんなふうに、力のあふれた雄々《おお》しい体に、微《かす》かな眩暈《めまい》とともに揺られながら運ばれて、かぐわしいシーツに軽々と置かれることがあろうとは、いまだかつて一度も思ってもみなかった。最初の瞬間に口をついた愚かしい問いは消えた、それとともにあらがう考えのすべても消えた。この若い闖入者が彼女の寝室までどうやって忍び込んだのかも、もう何も気にならなかった。男の足に踏まれたことのない街路を通って、アマゾンの衛兵が厳重に監視しているこの城内をどうやって抜けて来ることができたのかということも。

闘わずして打ち負かされ、アンティオペーは愛を発見する喜びに身を委《ゆだ》ねた。愛のための武器庫ひと揃いはそれまで彼女の種族にとっては無益そのもので、その備えがあるとは夢にも思わなかった。だが完璧な女戦士のみに恵まれる機略で、そもそもの初めから心得ていたかのように、たちまち愛する技と愛される業《わざ》に習熟した。大きく見開いた神秘のまなざし、睫毛《まつげ》の間から投げかけるおどけた秋波、激しい息詰る抱擁、指先によるかそやかな愛撫、額へ純潔な口づけ、まぶたへ優しい口づけ、頰へ内気な口づけ、手のひらへ罪深い口づけ、耳の付け根へ倒錯の口づけ、猛然と長々と唇に血のにじむ口づけ、貪欲《どんよく》な口づけ、はかり知れぬ口づけ、影のような、追憶のような……。

奔放な愛戯の情熱がアンティオペーから分別の最後の一かけらまで奪った。知らない花婿のために思いつく名前をささやき、彼を呼び、われ知らず求め、待望の切なさを言い表すすべもなく、忘我の境でそれはどんな怖ろしい傷も比べられぬほどの苦悩となった。彼を近くに感じるほど渇望が一層奔騰《ほんとう》して正気を失わせ、思いがけず喉から、内臓から、おそらくもっと奥から迸《ほとばし》る叫びは、初めての耐えがたい苦痛の声というより、それまで処女たちの都市を抑圧してきた不毛の伝統を自然がはね返す勝ちどきであった。

耳を劈《つんざ》く叫びに愕然として、警備のアマゾンの群れが馳せ参じ、身もだえ呻いている女王を見るや、重く彼女を押さえつけている体を周囲から槍で刺し貫《つらぬ》いた。女王が制止の身振りを示す僅かな暇もなかった。そうしてアンティオペーが我に返る前に、屍体を冒瀆《ぼうとく》の抱擁から引き外し、アルテミス神殿の前の広場へ運んで、見せしめのために腐らせることにした。しかしながら不幸な女王はある夜闇に紛れて屍体を奪い、こっそりと埋葬した。

その後のアンティオペーは、玉座を賭けてまで、アマゾンたちの男嫌いを解消しようと努め、近隣の部族から幼児を奪う野蛮な慣《なら》わしを終わりにしようと試みたが無駄だった。奪った幼児は、戦士に成長した時に盾や矛《ほこ》の扱いの邪魔にならないように、右乳房を切り取られるのだ。愛は、女性と男性の結合は、生命の充足として、自然によってそもそもの初めから備わったものだと説法したが、聴く耳はどこにもなかった。ヴィルジニアではかつて見られたことのない奇跡——妊娠——さえ、頑固きわまる禁欲の女戦士らを説得する力はなかった。玉座を奪われ、城砦から石で追われ、不運なアンティオペーには最後の心慰《なぐさ》む望みすら拒まれた。生まれたのは女の子だった!

トロパエウム Tropaeum

——凱歌市

　初めはジャングルだった。その奥に、大河の岸辺の沼沢《しょうたく》地から遠く離れ、若枝の囲いに守られた空き地にいくつかの小屋を住み処とする採集狩猟漁労の一部族があった。見渡す限りの緑林を暴風雨が年に何度か荒らすが、その都度《つど》、折れ倒れた幹の上に、落雷で炭化した根株の間から、ジャングルはさらに濃密にさらに勝ち誇るように再生した。小屋の修理はごく簡単で人々は慣れていた。すでにその当時から再建事業は儀式で祝われ、それは世代から世代へと受け継がれるにつれて盛大になっていった。数万年が過ぎて、やがてジャングルが次第に南へ退き、人々は動物を飼い慣らし、沼沢地を肥えた牧草地にした。暴風雨がまた村を潰したときは、大河の岸に打ち寄せられた流木で家をもっと丈夫に建て直した。

時とともに梁《はり》の入手はだんだん困難になった。数千年後、大火事が集落全部を灰燼《かいじん》と化し、畜群を殺し、牧草地を黒焦げにした。かつての牧畜民は大河の近くへくだり、家を日干し煉瓦で造り、氾濫《はんらん》が残した肥沃な泥地によい種を播《ま》くことを覚え、農耕民になった。そうして神々を信じ始めた。火災を恐れ続けていたので、年寄りを炎に投じて、部族を代表して神と話をつけるようにと送り出すのだった。

数世紀が流れた。度重なる洪水に対して、人々は堤防を築き、放水路を掘り、町を小高い丘の上に建て直した。焼成煉瓦、外壁、塔、門、ガレー船、港を発明した。交易を始め、大河の河口まで拡がった。およそその頃に幾度か疫病が発生し、中でも怖ろしいのがペストだった。わずかに生き残ったものは、血腥《ちなまぐさ》い神への悪意の供物として死者を火あぶりにし、そうしてまた全部初めからやり直した。

また数十年経った。気まぐれな大河が流路を変えて、町はなすすべがなく、しばらくの間商業の恵みも失った。幸い、一人の果敢な王様が航行可能な運河を掘削《くっさく》させ、古い港を広げ、新しい水路には新しい港を開設した。彼は王朝を創始し、有利な同盟を結び、いくつかの政略結婚を演出し、地中海にガレー船を漕がせた。ところが王の死後まもなく巨大地震が発生、街は廃墟となった。人々はこの度もひるまなかった。亡き王の後嗣《こうし》も傑物で、すべてを今度は石で造り直し、大理石の祭壇を建て並べ、その上で数百の囚人の心臓を抉《えぐ》り、こうして絶えざる神の怒りを静めようとした。

地震のあとに続いたのは突然の気候変動だった。焼け付く陽光の下、地方全体が不毛の地となった。それから数か月のうちに街には飢餓の亡霊が座り込んだ。夢想家の建設王が暗殺され、代わった三頭政治のもとで短期間に大規模な灌漑《かんがい》工事が成功した。都市の海港は未曾有の繁栄を実現し、近隣の海岸沿いに最初の植民地が作られて行った。

数週間の後、火山が噴火して街を厚い火山灰層の下に埋めた。あらかじめ危険区域の外に避難していた都市住民は、目覚《めざ》ましい熱意と勤勉さを発揮して、記録的な短時間で住居を掘り出し、小さな破損を修復した。火で真っ赤に熱したブロンズの巨大な最高神の彫像に親を失った孤児が押し込まれた。この度も犠牲は無駄であった。数日後、港口が大きな砂の堤でふさがれているのが分かった。無数のガレー船が難破した。港は砂で完全に埋まっていた。破滅の脅威がこれほど厳しく迫ったことはなかった。三頭政治は分解した。独裁者が現れて反対派の弱々しい抵抗をクーデターで粉砕した。それから独裁者は精緻な道路網を建設し、閉鎖された港の代わりに新しく七つの港を造り、地中海の南西半分を従えて、文字通りの海洋帝国を建設した。

帝国の寿命は極端に短かった。宣戦布告もせずに、目先の利くローマ人の集団が侵入して、再起不能の打撃を与えた。僅か数時間で、首都そのものも——過酷な自然に対抗してふつふつと沸く生命力を幾度となく取り戻してきたのだが——最終的に地上から一掃された。長い邪悪な歴史がついに果たせなかったことを戦争が実現した。全住民がラテンの神々の生け贄に供されたあと、城砦が崩され深く掘り返された耕地の上に軍団は決定的かつ最高に効率的な勝利の記念碑を建てた。仕事は数分間で終わった。

それを境に自然の災厄は四方八方全世界に広がり、絶望をかき立て、栄光を渇望させ、同類の間の世にも怖ろしい敵対を巻きおこして鎮まることがなかった。

セネティア Senetia

――老成市

むかし、ここに農耕の民が住んでいた。むかし、今日《こんにち》みる廃墟の地には肥沃な耕地が拡がり、わずかに散在するいくつかの陋屋《ろうおく》が、苦しい労働に慣れた質素な人々の家産のすべてだった。だがこれはむかしの話、大昔のことで、考古学者たちにさえ証明は難しかろう。

その後、石工たちと木工たち、建築家たちと彫刻家たちの時代が何世代も続いた。彼らは歴史上かつてない魅力的な首都を築いた。宮殿と聖堂を建て、大通りと広場のネットワークを造り、運河を開き井戸を掘った。広場と橋と公園にブロンズや大理石のすばらしい彫像を並べ、建物の外壁をフレスコと嵌め込みで、丸屋根は金色のモザイクで、窓は色硝子で飾った。初期の諸王は好戦的かつ強欲で、武力と高慢にかけては大陸の名だたる都城を凌駕《りょうが》し、それらを襲って金銀真珠宝玉を略奪した。後期になるとより賢明な諸王は美術の至宝や、価値ある書物、手稿を蒐集《しゅうしゅう》し、こうして富の優越に加えるに最上級の洗練と博学を以《もっ》てした。セネティアの名声は速やかに地の隅々まで轟《とどろ》いた。さらに幾世代かを経て、この並ぶものなき都市は各国のエリートたちの旅程の最も賑やかな交差点となった。王族や高官はここへ子息を遊学させ、貴族や資産家の子弟はここでハネムーンを過ごし、百万長者はここへ気晴らしに立ち寄り、老嬢は最後のチャンスに賭け、持参金狙いは犠牲者を誘惑しに、著名な作家は新しい大河小説を書きに、ここへやって来た。そうして財産を話題にすることはそれだけで無教育の証拠になったから、誰もが建築や美術やセネティア文学の通人《つうじん》の振りをしようと努めていた。都市の住民は観光客のおこぼれからなにがしかの余得があり、それが生活費の唯一の源となった。

　遠い祖先を誇りつつ、だが劣等感と深刻な労働嫌悪に支配されて、セネティアの後裔《こうえい》の人々は都市を時間のなすがままに任せた。そうして時間はその使命を果たした。城壁はアーケードの圧力に屈し、基礎は壁の重みで沈み、列柱はひび割れ、梁ははじけ、ドームは崩れた。やがて瓦礫が彫像を埋め、藪《やぶ》が公園に侵入し、汚泥が広場に詰まり運河をふさいだ。善意が見事に組織されて、世界各地の博物館が差し迫った破滅からまだ救えるものをすべていただこうと提案した。誇り高きセネティア建設者たちの末裔は盗人《ぬすっと》と物乞いに落ちぶれた。ほどなく、訪問者たちは――その数は減る一方とは言え、荒廃した宮殿の壮大さや、この地の伝説になお惹かれて来るのだが――武装した本物の護衛に頼らざるを得なくなった。痩せこけて、ぼろをまといながら、軽侮をあらわに、現地人は贅沢な客人たちを迎えて手のひらを差し出した。客人たちは同じ侮蔑と羨望と高慢さで、銅銭をその垢《あか》だらけの手に落とした。

多くの解決案が、長々しい手続き論議ののちに、必要な多数を得られずに挫折した。そのあとで、世界諸国連盟の権威ある記念物保護委員会が、消滅危惧遺跡保存のあやしげなプロジェクトのためにささやかな金額支出の評決をした。プロジェクトはしかし結局セネティア市民の強硬な反対のために実現しなかった。彼らは祖先の威厳の最後のそうして目覚ましい輝きをまとって、いかなる援助も拒否したのだった。

見捨てられ忘れられ、植物の飽くなき攻撃に窒息しながら、壮麗《そうれい》な廃墟は、ジャングルの奥から、未来の考古学者の博識を待ちわびている。その一方、セネティア人種の最後の末裔は、秘密のセクトを構成して、世界の滅亡が近いと予言しながら地上を隈《くま》なく遍歴している。

プロトポリス　PROTOPOLIS
——原型市

巨大な透明ドームを建設する前には、みんな、それが何の役に立つだろうかとも、建てるとどんなことになるだろうかとも、熟慮《じゅくりょ》したわけではなかった。何はともあれドームは建てなくてはならなかった。なぜならばそれは創案されたから、そうして今までこの分野で人間の頭が想像したどんなものをも超えていたから。だが一旦建てられると、創案者グループは続けていくつかの仕上げ要素を付け加え、それはだれも気づかぬうちに全く予期しない結果を招いた。

あのプラスチック製の球形ボンネットを広大な敷地と隣接する周囲の森林原野もろともにかぶせたこの都市の本来の名称は歴史に残っていない。だが時が経つうちにプロトポリスと呼ばれるようになり、今日《こんにち》に至るまでその名で知られている。ボンネットが単純に屋根そのものだけだったなら、おそらく、大して重大な結果には繋がらなかったであろう。だが降雨は――それもこの緯度ではごくまれだったが――今はドームで止められて、その代わり都市にも田畑や森にも定期的な散水が行われた。次に、ヘリコプターでボンネットの内側表面にまいたごく細かい粉末によって、強烈な日光はいいぐあいに和らげられた。最適な時間間隔で温度・湿度を調整するシステム、病原体を殺すステロバック処置、排出廃棄物隔離と街路清掃と屍体埋葬の「清潔な」手段、塵埃《じんあい》除去の乾燥・灌水技術、あらゆる害虫類の超音波による駆除、などなどが次々に採用されて行った。

プロトポリスの住民は間もなく健康状態の優秀さで注目されることになった。総合的罹患率《りかんりつ》がゼロに近く、幼児死亡はなくなり、寿命が延びた。最上級の賞賛に価《あたい》するこのような進化を保護するために、外部の人間はすべて――病原体保有危惧者として――検疫と煩《わずら》わしい診療を受けてからでなければ入市許可が出なかった。住民の方はというと、疾病《しっぺい》に対する抵抗力が失われたため、外部世界と接触すると生き延びられないので、もうプロトポリスを離れることができなくなった。間もなく、プラスチック・ドームに覆われた都市は外界から完璧に隔離された。

プロトポリス市民はこの状況にそう困るわけではなかった。一種の自給自足経済に合わせて生活に必要な生産だけに没頭した。そうして局地気象の調節で、衣服はなくてもすんだ。それから家も捨てて壊れるままにした。露天で、森や公園で暮らす方がずっと気分よく健康的だと分かったから。森林が廃墟の上にのびのびと広がり、無人の街路や広場へと進出した。人々は次第にスポーツマン並みになっていき、楽々と走り回り、軽々と木に登って森の果実を採り、枝から枝へ晴れやかにジャンプした。

しばらくの間はまだ畑仕事に値打ちがありそうに思われて、女子供が耕した。男は狩りや漁をした。巨大なドームの下は森にも川にも生き物がいっぱいで、それはたいそう結構な食糧だった。そのうちに、小麦もトウモロコシも伸びるままに放って置かれ、牛も豚も羊も山羊《やぎ》も放されて野生化した。動物園の猛獣たちも追い出されて、腹の空いた獣は自分で食物を捜し始めた。

プロトポリス市民の楽しみと言えば子供を作ることだけになった。そうして、それを実に見事に心得ており、それこそ決してやり損なわなかったと認めざるを得ない。確かに好みの女性を選ぼうとすれば、ましてやものにしようとすれば、われがちに一番魅力的な女性を狙って目を血走らせた男たちの間で血腥《ちなまぐさ》い喧嘩や格闘になった。こうした争いは一度ならず弱い方が首を絞められて終わるのだが、余計ものの淘汰《とうた》は種の繁殖で埋め合わされていた。そのうちに、乏《とぼ》しくなって行く生活資源に比べて憂慮されるほどに、人口は増加した。人々はいくつかの群に分かれて、狩りと漁の場所やよい果物の採れる森のために戦争し始めた。初めはこっそりと、やがて盛大に、捕虜は勝利者に食われた。下顎骨が伸び、額が狭くなり、首が短くなり、胸が盛り上がり、肩幅がひろくなり、腕が長くなり、最後にはプロトポリス市民は枝を足の指で摑むことを覚え、二足歩行の姿勢から四つん這いになった。

このわくわくするような展開を人類は好奇の目で追っていた。ドームの外から望遠レンズで撮影されたセンセーショナルな映像が「ダイレクトに」TVで放映された。ところで最高の賭け率を記録した予想質問は「プロトポリス人に尾が生えるのはいつか？」

イソポリス　Isopolis
——同位市

互いに直交する等間隔の平行線でできた碁盤縞を想像してほしい。それは平面上にミリメートル方眼紙のような正方形を並べたフィールドを描く。今度は、そのミリメートル方眼紙を数千倍に拡大したものが一つの石造プラットフォームで、目に見えない升目《ますめ》のそれぞれにすらりとした柱が立ち、その頭が升目の線沿いに延びる四つの梁の端を支えているところを想像してほしい。この主要な梁がカセット状の天井板を載せ、各カセットは雪花石膏《アラバスター》の透明なプレートを被っている。列柱が目路の限り両方向に一様に続く。天井越しに散乱する外光は影を残さない。まあこんなところがマケドニアのアレキサンダー大王の命令で焼き払われる前のイソポリスの街の姿だった。悪口雀が言うところでは、乱痴気騒ぎのあと、もちろん酩酊の挙句の世界征服者が若気の至りで自ら火を放ったという。しかし焼き払い命令は、明晰な理性により、かつ熟考の上で下されたのであることを理解するために、読者諸公におかれてはアレキサンダー大王がヘレスポント海峡を越えて来るより以前のこの街に、しばし滞在されるようお願いする。

当時のイソポリスの広さは大したもので、住民は境界を知らず、誰一人として外から街を眺めた覚えがなかった。構造の同質性、街区を構成する升目の完全な同一性、都心も場末もなく、特権的な場所も、チェックするためのどんな優先システムもないことが、雪花石膏の天井の下で展開される生活に深刻な影響を与えていた。人々は一見したところではお互いにほとんど似ていない。しかし注意深く見ていくと、その違いはどれほど大きい場合でも――違いというのは外部的特徴に、髪型やファッションや化粧やしゃべり方などに関わる表面的なものだが――それは建築の枠組みの単調さに対抗しようという配慮によるものだった。この多彩化追求は、均一性と同じくらい執拗だし、骨が折れるものだ。そうして、どんな差異も超えて、住民の振る舞いと彼らの考え方は目を見張るほど似通っていることが明白だった。すべての市民（もちろん、年齢性別を問わず全員が同等であり、ほかに差別の社会的指標は存在しないようだった）は、差別化の第一段階として、どこかある特権的な場所の発見と獲得という、難儀な、しかもそもそもの始めから失敗するに決まっている活動にいそしんでいた。人々はでたらめに、思い思いの方向に、休みなく動き、占有し方という点でも空間を同質化していた。一瞬でも何処かに手がかりになりそうな空白の地点か、逆に密度の高い稠密《ちゅうみつ》な核が形成されれば、即座に群衆が移動してそれを消し去るのだった。

時おり、ごく希に、誰かが立ち止まることがあった。歩き疲れからか、あるいはおそらく、このブラウン運動の世界で際立つための唯一の可能性は動かないことにあるとの直観からか。しかし直観は理性の門を越えなかった。しばらくの間、その立ち止まった人物は都市の絶対的中心となり、唯一の安定座標系のゼロ点を構成していた。彼は王になった。王は、彼の王国そのものの終焉の萌芽《ほうが》だった。幸い、彼も、彼を取り巻くものも、このことに気づかず、危険は無視によって越えられた。すぐに彼はまたゴールのない疾走に巻き込まれた。いずれにせよ、解消できないこの問題の解決が存在すると仮定しても、逆説的ながら、解決はそれ自身によって抹消されたことだろう。全くのところ、もし隣の人々が、〈立ち止まり人〉の風変わりなところを認識したら——認識は必要だ、さもなければ王の存在は錯覚でしかない——彼らは立ち止まったはずだ。その結果、隣から隣へと休止は普遍化して、風変わりなところはなくなったはずである。

イソポリスは唯一性を許容できなかった。

アレキサンダーは彼そのものが唯一性の表現なのであった。

焼き払われた真の原因はこの解消できない矛盾にあった。

カストルム Castrum
——城砦市

第一二軍団「直角軍」がこの地方に駐屯する以前は、道と言えば気まぐれな暴れ川を避けて丘陵《きゅうりょう》の木立の間をたどる曲がりくねった埃《ほこり》っぽい道しかなかった。三々五々行く手を急ぐ旅人の上に、夏場なら一帯の沼地から蚊の大群が襲いかかるのだった。森には野生動物があふれ、鳥の声がかまびすしく、まだ都市は生まれていなかった。

まず道路から始めた。サーベルでぶち切ったような直線の街道が旧道に取って代わった。小石が敷き詰められ、橋や陸橋がちりばめられた。

川は源泉で取水されて、花崗岩《かこうがん》のピロティ数千本で支えたあくまで均等なアーチの作る水路橋に流し込まれた。涸《か》れた元の河床では大小の石材が採掘された。

千古《せんこ》の樹木は梁や板の山と変わり、根っこは掘り起こされて燃やされた。

沼地は自然に乾いた。泥炭を利用して大規模な煉瓦工場ができた。導水路と運河に使う数百万個の煉瓦、瓦、土管が作られた。

隣の小山の斜面には採石場が開設され、石灰石の平行六面体ブロックが送り出され始めた。

丘を均《なら》し、谷や窪地は埋めた。東西南北に四辺を向けた巨大な正方形の高台が突き固められた。

それでも都市はまだ生まれなかった。

高台の四面に二列の濠《ほり》を掘り、それぞれ二重の土塁《どるい》を盛り上げた。その内側に高く頑丈な壁を築いた。四隅にはどっしりした塔を建てた。

そこまでしても都市はまだ生まれなかった。

それから軍団司令官は副官四人を召集し、地面にサーベルで正方形を描き、それを縦横に四等分した。

「了解」と副官たちはぶっきらぼうに答えて、それぞれの分団に戻った。

翌日、よく固められた高台の上に二条のメインストリートが通された。カルド（中軸通り）とデクマヌム（一〇分の一通り）。その交差点にはフォーラムが作られ、突き当たりの壁に堅固な門が築かれ、門の外は堀で、跳ね橋が架かっていた。軍団司令官がフォーラムに居を構えると、副官らがそれぞれの副官を召集し、地面にサーベルで正方形を描き、それを四等分した。

「了解」と副官の副官たちはぶっきらぼうに唱えて、それぞれの分団内の仕事にかかった。

引き続く日々、高台の四つの正方形の中に直行する二本の道路が敷かれ、その交差点に司令官の副官らが居を構えた。それから副官らは自分の副官を召集して、正方形の四等分法を示した。作業は方形から方形、道路から道路と繰り返され、最終的に高台全体はもう副官をもたない最下位の兵士の細かい区画に分割され尽くした。最少区画の十字路の中央に兵士らはどれも同じ四角の広間と浴室を備えた健康的な住宅を建てた。

さあ都市はできた。大路小路はすべて直交し、相互の間隔は等しかった。土地の割り当ては軍団の階級構造を正確に再現していた。その目的は上級者の完璧な職務遂行を保証し、部下のいかなる命令違反も不可能にすることだった。命令は驚異的なスピードで伝達されるように組織されていた。すべては正確に機能していた。ただ、ある日蛮族が都市を襲撃した。

蛮族は多大の犠牲を払った挙げ句に、難攻不落とみなされていた城門の一つを突破して、市内になだれ込んだ。大路小路の緻密な防備態勢を無視してでたらめに走り回り、兵士の丹精こめた野菜を踏みつぶした。それから家々に火をつけ、自分の畑の方から襲ってくるとは考えもしなかった兵隊たちをなぎ倒した。そうしてフォーラムに入った。この壊滅のさなかに、一本の投げ槍が軍団司令官のこめかみに命中した。頭蓋骨がばらばらに飛び散って、震え上がった部下たちの目に立方体の脳がむき出しになった。その表面には規則的な直角模様が刻まれているのが見えた。軍団兵たちはパニックに陥り、不吉な予感に怯えながら武器を捨てた。

ずっと後の話になるが、ローマの歴史家たちは軍団の敗北の原因は蛮族が幾何学を知らなかったことにあるとしている。

名前は知られていない。命名されたことがあるのかどうかさえ分からない。そのことも、世界で最も議論を呼んだ都市という名声に、何かしら根拠があるとされる理由の一つである。その実在すら時おり疑われている。それももっともかもしれない。というのは、この都市に関して今日まで伝わっているのは、互いに多少とも矛盾する四つの証言だけだからである。以下はその要約。

《我々の任務は完了した。（……）中国の万里の長城も、我々が建設した巨大都市に比べれば、一匹の貧血の虫にも見えよう。巨大都市の頑丈な体軀は大西洋から太平洋まで切れ目なく伸びて、四〇〇〇キロメートルになんなんとするモニュメンタルな遊歩道が、アメリカ大陸を守る平和の虹のようにアマゾンの瘴気《しょうき》のジャングルとアンデス山脈の上にかかっている！（……）。まだ工事現場のイメージが頭につきまとって離れない。巨木を倒しジャングルを根こそぎにしながら進んでプレハブ資材を運び込む重いトラック。ブルドーザー、クレーン車、コンプレッサー、あらゆる金属製モンスターの大軍、長い年月の間にその騒音にもとうとう耳が慣れてしまった。寒さに荒れやつれた同僚たちの顔。新しい障碍が現れるたびに険しくなったチーフの目つき……。

今はそれもみんな遠い彼方になった。西海岸に到達したからだ、それはつい昨日のことだ。仲間たちは熱い砂に横たわり、長い間夢見てきた波音を子守唄にして眠っていた。休むだけのことはあった。私は黄昏《たそがれ》の快いそよ風の中、恍惚に身を委ねた……。

何時間か――もしかすると何日か――私たちはそうやって眠りの魔法にかかったように寝ていた。目覚めた時、都市は――最後に建設した部分は、眠り込む前に、この海岸からも眺められたのだが――煙のように消え去り、それ以後誰も見たことがなく、そうしてこの謎の解明に費やした私のあらゆる努力は、今のところ、無駄になっている……》（一九八二年にマト・グロッソで消息を絶った著名な探検家フ

エリックス・フォルトネアヌの遺品の中に発見された日記から)

《信用できる情報源から知ったが、三週間の交渉ののち、「自然景観保安会社」社員の給料は二・七パーセント上がり、作業は明日から再開される。(……)ストライキは若干の契約条項の曖昧さの招いた不満によるものだった。

この会社はある都市——名を秘密にされているその都市は、我々の情報によれば無人であるが——の建築物の除去と、大規模な植林による本来の自然環境の回復を行うらしい。労働契約は業務終了まで勤務することを前提にしており、(……)終了まではまだかなり長くかかると想定されている。街は延長七キロメートルを越えないように見えたにもかかわらず、労務者たちは、今日まで八年間の系統的な解体工事のあとでも、まだ作業終了を達成できなかった。その上、都市の終端までの距離は、おおよそ、一定のままだという噂が流れている》(「プレンサ通信」一九七五年九月八日付一三七六八号第一六ページ)

《その街の一番鮮やかな思い出は——街は苦心のあげく、私の想定より五〇〇マイル西のジャングルの真ん中に発見したのだが——ある運転手と交わした会話に関わる（……）。私がちょうど店を出ようとしていた時、彼がトラックを右に寄せて高い運転席から降りるのを見た。あの汗だくで油だらけのオーバーオール姿だから、タバコを買うか、冷たいパインジュースの一杯も飲みたいのだろうと思った。そうして――ちょうど誰かにポルトーヴェヨへの道を尋ねようと思ったところだったので――手っ取り早く相手が見つかったぞと喜んで私はバーに戻り、例の高い止まり木に腰掛け、何気ないふりで、男が入ってくるのを横目で窺った。彼は隣に腰掛け、何分かの間、二人とも黙ってドリンクを飲みながら、互いの様子を探っていた。

「おさらばする方がいいぞ」と、男は目を向けずに出し抜けに言い出した。「なんでこっちへ来た、一体全体！……」私が黙っているのをみると、今度は椅子ごとこちらを向いて続けた。「今来たばかりだってのはすぐ分かるぜ」

「それが何か悪いか？」

「おれの言うことを聞きな、気取っていないでさ……。ここじゃ妙なことが起こっているんだ。他にも来た連中はいる、お宅より利口な奴もな、だがみんな尻尾を巻いて逃げた。（……）おれが四年このかた何をやっているか分かるか？　このオンボロのポンコツで、一日中、街のこっちの外れからむこうの外れまで、大通りを行ったり来たり。行きにはプレハブ資材を運び、帰りにゃ材木を運んでる」

「君はなぜ逃げなかった？」

「おれたちは、ここにいる者は、別なんだ。おれたちには契約があるからな……。金のことがなけりゃとっくにずらかってるさ！　でもおれたちに払う奴は狂ってるのに違いねえ、あのやり方は……」

「どういうこと？」

「一銭もくれないんだからな、仕事が終わるまでだ……」

立ち上がり、何か大変重要なことを思い出したように、何も言わず支払いもせずに急いで出て行った。私はボーイに奇妙な話し相手の分も勘定してくれと合図した。「あの人はうちに帳面があるのです」と説明するボーイの口調は丁寧だが、その裏には事情通の小馬鹿にしたような微笑が透けて見えた》(O.Nyr-Dysseus『世界の果てを捜して』二七一―二七三ページ、エディシオン・ド・レカトゥール社、パリ、一九七七年)

《外見から判断すれば、まさに軸状都市と見えたであろう。長さは六キロメートルから七キロメートル、幅は一定で五三〇メートルだった。地球上のほかのすべての都市と違う点は――少なくともわれわれのステーションの高度から見た画像から判断する限り――東北東から西南西へ時速三〇メートルないし五〇メートルで移動（非常に遅いことは確かだが）しているという驚くべき事実であった。この遷移中に、かろうじて感じられる程度の不規則な脈動で収縮と膨張の交替があり、そのことからわれわれは平均的長さを見ておいた。われわれが観察していた約六年の間に、大陸奥部からペルー海岸まで二〇〇〇キロメートル以上を踏破して、そこからゆっくりと太平洋の海水の中に沈んだように見える》（一九八〇年四月二四日、KL－9軌道ステーションの研究チームによりアカデミー・フランセーズで発表された学術報告「宇宙からの実験的都市観測の諸エレメント」より）

ザアルゼック　Záalzeck

——太陽市

「ここに最初の自由地球人都市の基礎を据えよう」と彼らは言った。

年に三〇〇日空が青く澄み渡り、あとの六五日は小麦畑とオリーブ園と葡萄園の稔《みの》りに十分な雨の恵みがあった。

なぜ他ならぬここに？　歴史書には何も記述がない。多分、まさに年に三〇〇日空が青く澄み渡っているからだったろう。

さて、彼らは一個数千トンもある巨大な石塊《いしくれ》を削った。それに磨きを掛け、並べてテラスを造った。それはよほどめざとくなければ継ぎ目が分からないほど巧みに組まれ、よほどの長身でなければ端が見渡せないほどの広さだった。次におよそ一〇〇〇キロメートル四方ほどのところにいた人間を全部駆り集めて、土地の耕し方と正しい食事の取り方を教え、そうしてどんないざこざも起こらないように、全員に同じ白い服を着せた。ここまでやって彼らは嬉しさいっぱい、永久に変わらぬ理想の社会を築いたと確信して去って行った。

数百年後に彼らが戻ってきたとき、あの記念すべきテラスには、もとの石塊の屑《くず》で組み立てたおんぼろ神殿が建っていた。金と紫の法衣をまとった一握りの神官が偉大なる太陽神ザアルの礼拝儀礼を執り行い、数十万人の奴隷の血と汗の結晶を祭壇の秘密の宝庫に納めていた。神殿建設の苦役《くえき》を生き延びた奴隷は、炎熱下での畑仕事のあと、不毛の谷間の急造の真っ暗な土壁の小屋で夜を過ごす暮らしだった。奴隷の中でも何人かは、磔《はりつけ》の脅威にめげず、一部屋だけの住まいの床の三和土《たたき》の下に先祖の白服を隠し持っているものもいた。

傷心と嫌悪の果てに、最初の自由地球人都市の建設者たちは、この下等な地球族を殲滅《せんめつ》することを決定した。ヒトの姿と名を持つに価しないと考えたのである。しかし、その意図を実行に移そうとしたとき、彼らの中の一人が突然神官の天命に目覚め、他の全員を打倒して隷属させようとした。熾烈な闘争が起こったが、すぐに終わった。大爆発*によって宇宙船は消滅したのである。その後奴隷たちは誰にも煩わされずに苦役の日々を続けることができた。

＊

何人かの意見では核爆発だった。

グノッソス Gnossos
——迷宮市

至福に酔って、イカロスは風を受けたガレー船の帆のように翼を膨らませた。目の眩むような高みからは、あの迷宮もただのおもちゃ箱に見えた。つまりあれが、イカロス自身も長い間建築作業に励んだ宮殿か！　呼ぶ声が聞こえる。父親ダイダロスが先を急げと言っている、逃亡に気づかれるのが早すぎてはいかん、さもないとあっさりミノス王の名高い艦隊の餌食になるぞ。

　思いがけず、イカロスの頭に閃きがあった。この場所を離れることはできないと悟った。逃げ道は一つしかなく、ほかに捜すのは無駄だ。浮揚感覚が一切の恐怖心を拭い去り、もはや父親の焦りはよそ事になった。堂々と、満ち足りた大鷲《おおわし》のように朗らかに、その場で旋回し始めた。上昇気流で次第に太陽に近づいて行く。

「下降しろ」とダイダロスが命じる。「翼の蠟《ろう》が溶けるぞ」

イカロスはゆっくりと大きな円を描いてさらに上昇した。クレタ島の全景がほとんど一目で眺められた。

「子供の遊びは止めろ！」と父親の建築士は焦れ切って叫んだ。

余力を残すためにかなり下に離れているダイダロスの声は聞こえなくなった。シチリアまでの道はまだ遠かろう。イカロスは別れの合図に手を振った。そのあと、微小な白い壁組みが彼の注意力のすべてを惹きつけた。一瞬の間、空中に静止した。背筋を熱い雫《しずく》が流れてくすぐった。逃亡への執念から解放されたイカロスは、まるで隕石のようなスピードで地面を目指した。目くるめく墜落に螺旋の環が広がり、陶酔の虹彩に映る迷宮はぐんぐん大きくなった。

彼の炯眼《けいがん》に映る迷宮は見覚えのないものとなっていた。図面は変形していた。いつでも、目をつぶっても描けたのに。回廊は跡形もない。錯綜しどこへも出ない迷路は一つも捜し出せなかった。宮殿は蜂の巣を思わせた。無数の奇妙な形の小房は高い壁で隔離され、相互の連絡は不可能だった。怖ろしいスピードの接近で、巨大な蜂の巣の小房――それはますます増殖し続ける――は正確な輪郭を見せてきた。今やイカロスにはどんな細かいところまでも見分けることができた。同時に、蜂の巣そのものも育ち、膨れ、広がり、地平線を覆った。それはもう一つの宮殿ではなく、まことに一個の都会だった。ほとんどの小房にはテセウスの糸玉を身に付けた人がそれぞれ一人いて出口を探っていた。彼らが思いもしないことだが、たとえ壁を抜けようとも別の小房に移るだけで、そこでまたゼロから始めることになるのだ。でもそんな拍子抜けの脱出さえ、あわれな囚われ人たちには許されていなかった。それぞれ自分が中心を占めている宇宙、彼らにとってその全宇宙はこの高い、貫けない、きらめく白壁だけになり、折角《せっかく》の糸玉も使い道がなかった。

彼らは自分から望んでここにたどり着いたのだ。腰にさげた剣で斬り殺すつもりの見えない牡牛は一体どこにいるのだろう？　イカロスは素早く一回転し、下からは見られずに、沈思する無数の頭の上を通過した。彼が宙空に描いた軌跡は無人の一小房の大理石の床で終わった。蜂の巣都市の無言の生活は何も起こらなかったかのように回り続けた。ダイダロスは悲しみをこらえて、遠いシチリアのコカロス王の宮廷めざして羽ばたいた。

人間の視界からは遠く離れて、イカロスの食いしばった歯の間から糸を引く赤い筋は白い大理石の上に唯一の可能な脱出の呪われた解決を描いていた。

ヴァーティシティ　VERTICITY

——垂直市

　その都市には起点も終点もなかった。いつもその周囲に群がっているヘリコプターから見ると一つの巨大な塔に似ていて、頂上部は遠近法効果で小さく見え、遠い彼方に消えていた。地上から見ると、重力に逆らうかのように立ちはだかるシルエットは、霞《かす》む天空のドームに突き刺さっていた。地下深くには、重なる地階とものすごい基礎構造が続いて、見えない根のように、このたぐいない幹を支えていた。高度数キロメートルのあたりで、放物面鏡の太陽エネルギー発電施設を首飾りにした分岐が始まっていた。あちこちに飛行器の発着用デッキが張り出していた。都市の標高は定まらなかった。建築の成長を管理するコンピュータ群に対する人工頭脳センターの発注に応じて、高度は絶えず増加していた。都市は生きていた。けれども、樹木にたとえるのは想像力だけで、誰も全容を一望することはできなかったし、見える部分には樹木のイメージなどまるでなかった。

都市の内部構造はかなり複雑だった。高圧のパイプシステムが、地下から抽出される水とミネラルを循環させていた。パイプにはさらに、大気から取られた窒素《ちっそ》と二酸化炭素が通っていた。それは住民に必要な食料・消耗品を太陽エネルギー利用により調製するための一次原料である。建築の核心部にはさらにエアコンセンターと流通・通信設備センターが納められていた。この核心機構をぐるりと囲む第一の環は公共スペースで、外側の環が居住区だった。住宅には家族のメンバーが日々の仕事に携わる部屋もあった。仕事と言えば知的活動であり、それ以外の仕事はすべて自動化されて、コンピュータで管理されていた。

ナット青年は寂しかった。永い間執拗に申請を繰り返した挙げ句に都市訪問の許可を獲得した。しかし彼の請求は当然ながら当局側の嫌疑を招いていた。当局が常に相手にする住民は、立体カラービデオ通信システムにあらゆるコミュニケーションを頼り切っていて、昔の習慣だった知人どうしの訪問なども、ずっと前からやらなくなっていたのだから。そもそも、市民はたいそう忙しかった。たしかに労働の義務に関する法制はどちらかと言えば形式的なものに過ぎなかった。というのは、なにか有益な活動に習熟するということが、いわば習い性となり、すべての成人市民は実際上可処分時間を全てそれに投入していた。だれもがいろいろな技量にすぐれ、多数の資格をもち、多くの仕事を平行してやっていた。若い訪問者の相手をするほど暇のあるものはいなかった。

ヴァーティシティという途方もなく巨大な蟻塚の中でナット青年は孤独に悩んでいたのである。何時間もあちこちの高速エレベーターを乗り歩いても人っ子ひとり行き合わずじまいだった。大分前からエレベーターを使う人はほとんどいなくなっていたのだ。ある資料館で何日も過ごして、都市とその歴史についていくらかは分かったけれど、住民と交流するための情報は少なすぎた。そんなときだった、時報を告げる非物質的アナウンサーに妙に魅力をおぼえ、挙げ句には彼女を捜そうと決心するに至ったのは。それは容易なことではない。個人情報はだれにでも得られるわけではないし、ましてよそものである。で、憧れのドゥルシネア姫の謎の名前を捜すすべはなかった。未知の彼女の発見の難しさが明らかになるにつれて、よけいあの仄《ほの》かな微笑みにあらがいようもなく魂を奪われて行く。やがてナットは正確な時刻が知らされる瞬間を待ちかねることになった。放映は主な交差点で三〇分ごとに繰り返される。すっかり情熱に溺れていたから、このよそものは、たまさか出合った何人かの住民がアナウンサーの美形からほど遠く、みんなひどく醜かったという事実にも気を留めなかった。そうして、それはただの偶然だったのかもしれないが、その偶然は彼の奇妙な選択の一つの説明になった。

ナットは説明の必要など感じなかった。取り憑《つ》かれたのは、盲目的に惚れ込んだのは、自分一人だけなのかと疑いながら、少年のように、どんな危険があろうとも放送局の内奥まで入り込もうと決意を固めた。調査の進行中、もちろん、三〇分ごとに、好みの、ただ一つ関心のある放映——正確な時刻——の陶酔に耽《ふけ》り続けた。だから、アナウンサーが登場する度に化粧を変えることにも気がついた。夜間には靄《もや》のような長いシャツをまとい、またはヌードを披露する。そのときナットは頰を紅潮させ、時には幻の裸体へ腕を伸ばし、指を宙に舞わして引っかくのだった。うろ覚えのエドガー・アラン・ポオの短編を思い出して祈った。「せめて、むかしむかしのお婆さんとか、前世紀の歌姫の幽霊なんかではありませんように」と。さんざん回り道した末、ついに放送センターにたどりついた。まあなんとか、彼の願いはかなったと確認できたのだが。カラー空間の映像は、サウンドもそうだが、センターに記憶されたばらばらの要素を材料にして、視聴者の嗜好アンケートに合わせて、自動的にプログラムされるのである。ナットの絶望は深かった。結局彼が理解したのは、自分が惚れ込んだのがこの都市の住民の描く女性美の理想像にほかならないということだ。それは彼の慰めになることではなかった。古代の彫刻家と同じことだが、演出装置はだれか有名スターの姿形をモデルにアナウンサーを造形している訳ではなかった。モデルが年を取るとか、ずっと前に死んだとかいう問題ではなく、市民が完璧と見なすプロポーションや姿態を理想的タレントとして合成するだけのことなのだった。

ミロのヴィーナスに跪《ひざまず》き、女神の気高い大理石の脚が踏《ふ》まえる台座に口づけしている自分の姿を想い描いた。ギリシャ神話のピグマリオン王が恋した人形は、ともかく彼自身の理想の彫刻だったじゃないかとつぶやいて、自己嫌悪に陥った。それでも、身を焦がす苦しい恋情は相変わらずだった。

ずっと後になって、ヴァーティシティに定住した後に、住民が彼を迎え入れた後に、住民の秘密を解読し始めた後に、ようやくナットにも分かったのは、幻想のアナウンサーへの彼の憧憬をだれひとりおかしいとは思っていないということだった。というのは、数世紀来の出不精《でぶしよう》で閉じこもり症状の新バビロンの奴隷たちは、家庭用快適ロボットの発注で本物そっくりながら、さわれない愛人たちとの秘めた乱交のうちに、高度な美的感覚を養っていたからである。

ポセイドニア POSEIDONIA

——海中市

　時とともに、当然、人類は水中生活に慣れるだろう。珊瑚《さんご》の壁に守られ、生きた真珠のシャンデリアで飾られた海面下の、今はまだ無住の都会の豪邸を、いずれ嘆賞することだろう。炎暑にも厳冬にも縁がなく、北風もなく長雨もないうねうねした街路に、決して眩しくない優しい日ざしを受けた緑青色の広場に、洪水の心配の絶えてない水の深みに、ゆったりと身も心も任せるだろう……。

　時とともに、人の肺は酸素を水から分離する仕事に習熟するだろう。胃は海藻の洗練された味と噛み殺した生魚の味を区別するだろう。五体は優雅な浮遊を、眠りを誘う揺動を、目にもとまらぬ飛躍の術を手に入れるだろう。体軀は伸びて魚雷形になり、四肢は泳ぎに適して、知能も鼻面も鋭くなるだろう。人類はポセイドニアで増殖し、水中の限りなく広い大平原での暮らしには何不足もなく、両生類のとんぼ返りの尽きることなき楽しみを知り、もともとの地上二足生活の境遇への郷愁に浸ることなど滅多になくなるだろう。

時とともに、人類はますますイルカに似ていくだろう……。

でも、ここからそこまでは、おお、どんなに難しいことだろう、最初の一歩の踏み出し、最初の法則、学ぶべき黄金律——それは沈黙！

ムセーウム　MUSAEUM
——学芸市

初め、そこはただのありきたりの都市に過ぎなかった……。

その後、たまたま運命の気まぐれで、その都市のある家に——ありきたりの家に——途方もない赤ん坊が生まれた。幼いうちから反抗的だった。両親が入念と敬虔《けいけん》の限りを尽くして教え込もうとしたありきたりの人生に断乎《だんこ》反逆し、禁断の不死の扉を押し開けようと考えたものである。後世は彼を天才と（多分早まって）認めた。

やがてこの前例は伝染することになった。それで説明がつくことだが、まもなく、この都市は天才でいっぱいになり、天才が生まれない家はほとんどなく、天才とまではいかなくても、一か月ぐらいは才子の栄冠をかぶった人物がどの家にも一人はいるようになった。

ところで、目覚ましい予言者的直観の証明と言うべきだろうが、市役所が都市の名前をムセーウムに変更する有名な「布令」を出した。そこには新しい紀元も布告されていた(周知の通り、ムセーウム市民は今でもその年を元年とする暦《こよみ》を使っている……)。先人たちの英姿に対する、そして歴史に対するうやうやしい尊敬の念に満ちた「布令」によって、いかなる家のいかなる理由による取り壊しも厳重に禁止された。違反すれば極刑となった。煉瓦一個も原位置から動かされず、どんな小さなリフォームも——たとえインテリアでも——厄介な憲兵の訪問を受けるリスクがあった。

ムセーウムは無限に横へ拡がるわけには行かないから、もし古今東西最大の発明家の一人(それは期待通りにここの住民であった)が、実に気の利いたシステムを着想しなかったら、おそらく「布令」はそれほど持続できなかっただろう。そのシステムは、新しい世代が現存の建物の屋根の上に自分の家を建ててもよいとするものだった。死んだ都市が幾十も積み重なり、頂上に生きている都市を聳《そび》えさせた……。

時代が過ぎて、独特な型の労働配分により基本的な職業は三つだけになった。大多数の住民は下方の都市に関係する活動を行った。文書の厳密な証明が追求され、かつて当地で生活していた住民の綿密な伝記資料が作られ、集落の歴史全般、社会生活のあらゆる分野の歴史についての大規模な論考がまとめられ、重なった都市構造の間の関係、様式の継続、外部の世界との相互影響が研究された。

都市住民の第二に重要な職業の代表者たちは、足場を立てて未来世代用の都市を建造するという困難な仕事に取り組んでいた。それは疑いもなく責任重大な職業であり、多面的な知識が必要で、毎年、高校時代に熱意と誠意の点でぬきんでていた青年が何人か選ばれ、奥義を究めるのだった。

最後に、少数だがえり抜きのエリートがムセーウム住民たちの送ってきたすばらしい生活をテーマとする不朽の作品を創造していた（エリートの中には、時折、あの「布令」が施行されていなかった場合の生活を敢えて遠回しに仄めかす輩《やから》も紛れ込んでいたが、当然のこと民衆は怒り狂って石を投じて殺した。リンチは違法とされていたのだけれど）。数十世代に及ぶ真正な創作家の総合名簿が歴史論文の中では特別な位置を占めていた。彼らの家は博物館となり、彼らの生前歩いた所には無数の顕彰板が張られた。しかし、実のところ彼らの作品は全く知られずに過ぎた。なぜならば誰にもそれを研究しているひまはなかったし、創作家たち自身も相互に検討などしていられなかったからだ。それほど自分の仕事に没頭していたのだ。

夜が来て、屋根の上の大工の騒音が静まったあと、時折、深い底から湧きあがって止まらない微かな呟きが静寂を破ることがあった。するとムセーウム市民は怯えて家に閉じこもり、聞くまいとして酒に酔ったり、睡眠薬を飲んだり、蠟で耳栓をしたりした。一番勇敢な連中が下へ沈んだ都市へ調べに降りて行ったことがあるが、明るみへ戻ったものは一人もいなかった。

その夜半に届く音は重圧に歪む巨大な足場組みの呻きか、廃墟を吹き抜ける風の嘆きか、埋葬されていない石打刑死者のささやきか、それとも、どうやら、数百万匹の鼠《ねずみ》のコーラスか。確かなことは誰にも分からなかった。

ホモジェニア　Homogenia

——等質市

完璧に同一の地区からなるその都市には、同一の街路沿いに同一の家屋が並び、その同一の各室に同一の人々がいた。それはあたかも（実はそうではないが）都市が唯一の地区からなり、一本だけの街路に家が一軒だけあり、その一つだけの部屋に一人だけの人がいるかのようだった（この後のイメージのほうが、初めに述べられたタイプの可能な唯一のバリエーションを表現しているのではあるまいかと考えてみる必要はあろう）。

とは言え、その都市は存在し、最初の文章の定義通りだった。何がむずかしいかと言って、全く同一の諸地区と街路と家屋でできた都会のプロジェクトを考えること、そうして完全に似た部屋のある家屋のプロジェクトを作ることがむずかしかった。一旦この二つの壁が越えられると、都市の建設は異常なほど迅速かつ正確に実現した。数千の家屋が一つの同じ設計図で施工されている（これはいうまでもなく建設者の永遠の理想である）という事実を頭に置こう。最終的に、都市の立ち上げは二つの基本的オペレーションに集約された。単一のプレハブ部品の数百万ロットの生産と、都市計画で決まった位置への家屋設置で、後者は数百のプレハブ部品の単純な組み立てだった。

はじめ、ホモジェニア市の住民は、一般の人々と同じことで、お互い同士が似ているなどということはなかった。しかしこれほど等質的な構造の都市での生活は、最初から、全くそれと気づかぬうちに、住民に奇妙な行動を取らせていた。まず第一に、そもそも自分の住まいの特徴を認めることができないと分かると、住宅を持つという考えそのものを捨てて、いつも手近な空いた部屋に入るという、一番楽な解決にした。そもそも、何度も住まいを変えているということにも気がつかなくなった。なぜかというと、町は均質なので、どの家に向かっても通る道は同じだから。第二に、あちこち歩くのに一々衣装一式を持ち運ぶのはまことに面倒だと、服装はごく単純で実用的なユニホーム（男女共通で、無料配布のゆったりしたケープのようなもの）が、たちまち広まった。安い材料でできているので、汚れればすぐ捨てた。

一番むずかしい段階は、家族に深く根付いていた習慣を諦めることだった。長い間、家族はいつも一緒に動き回らなくてはならなかった。理由は、一旦別れたらまたと会えないだろうから。その不便の他に、こうした一種の絶えざる移民は生産、教育、そのほか家族集団とは全く別の基盤の上に組織される社会的活動の正常な展開を不可能にした。いろいろな事件が起きた結果、家族の解体が布告され、その代わり、休息のために立ち寄った部屋にいた子供や、路上で出合った子供に大人が教育と食事を与える義務が布告された。

その帰結はドラマチックだった。何の罪もない飢えた子の死体が数十件発見されぬ日とてはなかった。だが家族はすでに解体しており、再建しようとしても、今では不可能だったろう。事態の進展は加速し、ますます大量な幼児死亡からの唯一の帰結として、もう子供を作らないという習慣が次第に受け入れられた。ほどなく、生殖が重大な不道徳と見なされ始めた。そうして後継ぎを作ることは――法律で処罰。

ホモジェニア市民の新生活は意外な生物学的効果を引き起こした。性による違いが次第に消えた。もうだれも生まれなくなったが、一方、だれも死ななくなり、時とともに年齢の差異もまた消滅して行った。最後に、個々人の形態上のどんな特徴もなくなった時、都市の全ての住民が身長も相貌も体質も同じになった時、考えの違いもとっくになくなって、はっきり言えば、考えそのものがなくなった。同じ人人が同じ動きをしていた——完璧に同期している機械のように——同じ街々の同じ家々の同じ部屋々々で……。

クリーグブルグ　KRIEGBOURG

——戦争市

「すごい！」とリチャードは小手《こて》をかざして叫んだ。「もっと近づいてあのご立派な方々の宝《ほ》倉《くら》をちょっと調べてもわるくないでしょうな」

プリンス・ヘンリーは口を開かなかった。赤いライオンを中央に縫い取ったオレンジ色の旗の翻《ひるがえ》る都城のごつい堡塁《ほうるい》の列を一望の下に見て取った。城壁の厚さ、環濠《かんごう》の深さ、城門の堅固さを値踏みした。狭間、銃眼、石落としの後ろに隠れた危険を嗅ぎ分け、戦闘員数を見積もり、攻城戦の場合の力関係、成否を測った。

「そら、あの塔の数」と言い募《つの》るリチャード。「フィレンツェよりもまだ多いですよ。かび臭い地下室に黄金や宝石がどっさり眠っているにちがいない！」

「静かだな」とプリンスがつぶやいた。

「どれほど大勢の女ども娘どもが秘密の欲望に身を焦がしているか！　かわいがってやらなくては……」とリチャード。

ヘンリーがにたりと歯を剝きだした。

敏感なところをくすぐられて、「乗馬！」と吠えた。

薔薇を描いた青い旗が拡げられ、悍馬《かんば》の蹄《ひづめ》のギャロップに合わせて守備隊は翻った。兜《かぶと》も目深《まぶか》に、騎兵隊は一番手近な門へ突進した。不意の奇襲攻撃に守備隊は橋を上げるのも忘れた。歩哨は見張り台で眠り込んでいた。凄惨な襲撃だった。タールが溶けないうちに、油と湯が沸騰しないうちに、守備兵が集結しないうちに、攻撃側は最初の堡塁を落として、市内への突破口を開いた。城壁の内側で身の毛もよだつ虐殺が始まった。守備側は頑強に抵抗し、生きて捕虜になる者はいなかった。一歩一歩、一戸一戸と失い、狭い街路が累々《るいるい》たる死骸で埋まった。

虐殺の狂宴は五日五夜続き、最後の守備兵が投降を拒んで自分の首を剣で貫いたあと、都市はまがまがしい姿を見せていた。至る所に腐り始めた死体が横たわり、悪臭は風に乗って四方八方に漂った。恐怖の勝利者たちは豪邸の地下蔵の大きな樽をたたき割って、がぶがぶやり出した。それから、血と汗とニンニクの匂いをふりまき、伸び放題のひげ面、酔っぱらった勢いで、すすり泣く未亡人たちの寝室に乱入し、毛布の上に押し倒して自信たっぷりなぐさめた。怯えきった多数の若い女性たちも進んで愛撫を受け入れた。何人かの少女は文句一つ言わずに跪いた。

そのあとみんなごちゃごちゃに寄り集まって、まる一日眠った。

「お前は宝倉がどうだとか言っていたな」とプリンスは、靴を履かせるのに苦労しているリチャードにつぶやいた。

「がっちり錠のかかった宝石箱が役所の地下室で待っていますよ」

道すがら、ヘンリーは異様な不安を覚えた。オレンジ色の市旗に代わってタワーの頂上に翻る自軍の青い旗を入念に見据えた。周囲を眺めた。それにしてもどうも死体が多すぎた。そうして、そのいくつかはどうやら肉が落ちすぎていた。ある路地ですでに白骨化している骸骨を目にしたとき、不安は高まった。この都市の住民が死人を埋葬せずに置いたとは思えない。

「ああいう骨をどう思う?」

「ここに何か月も前からあるようですな」とリチャードは応じた。

「それとも何年も前からか」とプリンスは考え込んでつぶやいた。

懸念にうちひしがれながら石段を降りるヘンリー。宝倉は本当に宝石をはめ込んだ金銀のグラス、金貨や真珠や宝玉の箱でぎっしりだった。しばらくの間、一切の心配を忘れてお伽《とぎ》の国さながらの宝物に目を遊ばせた。揺らめく燭台の光に黄金が、ダイヤモンドが煌《きら》めいていた。はっとして、プリンスはリチャードの腕を引いた。宝のまわりに数十の人体があった。腐敗の程度はさまざまで、身に付けた衣装、刀剣、甲冑は世界中至る所からのものだ。瞬時にしてプリンスの頭に真実の残酷な啓示がどっと流れ込んだ。都市の豊饒《ほうじょう》に惹かれて、戦士らが繰り返す波となって襲いかかるさまが目に浮かんだ。勝利に酔い、狂宴に溺れた征服者が次の攻撃の生け贄になるさまが見えた。切迫する終焉の幻影がからみついた。

「出よう！」と怯え切って叫んだ。

「出るって？　もし気が狂ったらねえ……」とリチャードは言い返した。

「逃げよう、間に合ううちに！　警報だ！」と叫んだ不運なプリンスが大急ぎで階段に足を掛けたところで、背中に剣が突き刺さった。

ヘンリーは呻きながら、群がる死体の間に崩れ落ちた。

「二人のためには多すぎたな」とリチャードはちょっと愁いをこめて結論した。

数時間後、都市は富と愛に渇いた新しい戦士たちに襲われた。先頭には金糸で二尾の蛇を刺繍した紫の旗を押し立てていた。あの不吉な地下蔵で見たものは一人だけのためにも多すぎたということをすぐにもリチャードに証明してやるべく、強力無慈悲な密集隊形で進んで来た。

モエビア、禁断の都 Moebia sau Oraşul interzis

彼がマルコ・ポーロの旅行記で読んだところでは、名高い首都は同心円状の多数の城壁で区画され、その間はパゴダのように庇《ひさし》を重ねた記念碑的な門で連絡していた。最初の城壁は外郭市街を囲む。それからモンゴル市街もしくは中間市街、続いて帝都と呼ばれる内部市街となった。最後に、内部市街の中央に禁断の都があった。ヨーロッパ人がまだ一人も入ったことのない聖域。ガイドは彼の企画は無理ですよと注意したけれど、諦める気はさらさらなかった。禁断の聖都市を訪れた最初の外国人になるぞ！

「いいですとも」とガイドは言った。「ではついて来なさい」

最初の城壁は大したもめごともなく通過した。街路は真っ直ぐで、家屋は、彼に分かった限りでは、同心円状の壁によって、この都市のプランを縮小再生産していた。服装でしか区別がつかないほどよく似通っている通行人たちは、自分の事にかまけて、彼のことなど気にも留めないようだった。次の門では信任状の呈示を求められた。モンゴル市街は外郭とあまり違わないように見えたが、住民は異国人にいっそう無関心だった。宮殿や庭園のある帝都へ入るには長く待たされたが、その際、偉大なるハーンその人がその邸《やしき》に彼を迎えるだろうと告げられた。

大ハーンはにこやかに、大国からの使者にふさわしい儀式で迎えた。一二種類の食材が帝国の粋を尽くしたレシピで供され、一二種類のお茶がついた。グロテスク極まる衣装と仮面のパントマイムのあとに現れたダンサーたちは、奇妙なメロディーに乗って、たいそう優雅な踊りを披露した。異国人は今がお願いするチャンスと見た。

「もちろん、もちろん」と大ハーンは踊り子たちの夢を誘う動きを目で追いながら、変わらぬ微笑でうなずいた。「わが賓客《ひんきゃく》は聖都市への途次にはなおいくつか門をくぐらねばならぬということを迷惑とは思わぬであろうのう……」

「とんでもありません、私はもうだいぶ慣れましたから」

「さようであろう」と大ハーンは微笑を絶やさず続ける。「聖都市に近づくことが許されるのは選ばれし者のみ――神に栄えあれ――なるゆえに、城門ごとに一つの質問が出されるであろうことを、わが賓客は悪くはとらないであろう」

「もっともなことと存じます」

「そうして回答の都度、首を担保として差し出すことも不当とは考えぬであろう」

と大ハーンは結んだ。

異国人は黙った。喉が恐怖で凍り付いた。

「わが賓客は今なら思い直すことができる」と、生殺与奪の権を握る者はその様子を微笑んで見つめた。

「いかなる条件も受け入れます」と異国人は恐れを押さえて答えた。

大ハーンは青銅のゴングを小槌で軽く叩いた。即座に二人の武装した兵士が現れ、通過すべきとされた一連の門の方へ賓客を伴った。本格的な護衛に付き添われて、最初の試練の門に着いた。エナメルをかけたタイルの壁の間に白い大理石でできた門が尖った三層の屋根を載いていた。陽光に煌めく黄金の瓦の下から朱塗りの松材の雌鹿が頭を出している。閉じた二面の門扉はブロンズ鋳造だった。その前の茣蓙《ござ》に白衣《びゃくえ》、白髪まじりの頭で、まばらな髭の老人が座っていた。その相貌は大ハーンに、兵士たちに、ガイドに、そうしてこの国で出合った全ての男に酷似していたが、これから出される質問のことで頭がいっぱいな異国人には、そのことに驚いている暇はなかった。

「聖都市までおぬしにはあと幾つ門があるかの？」と老人がたずねた。

兵士たちはサーベルを前後に振って、いつでも抜けると見せつけた。

「私が正しく答えたら」と異国人は声に出して考えた。「もちろん、残った門の数は一つ減るわけだ！」

青銅の門扉が音もなく回転した。当たったのだ！　護衛を従えて、有翼ドラゴンの物語の浮き彫りが続く壁の間を進んだ。エナメルタイルの鮮やかな色が快かった。壁は高く、曲がりくねり、そうしてところどころに同じ形の塔を戴いていた。一時間ほどすると、ドラゴンにもエナメルタイルの色彩にも興味がなくなり、やりきれない単調な感覚がとって代わった。再びまばらな髭の老人の見張る黄金の瓦の門の前に着いたとき、当然あの同じ謎めいた微笑と青銅の門扉に迎えられると思った。しかし今度の賢人の衣は紫色だった。もしもこの違いがなく、そうして道みち疲れ切っていなかったら、まだ最初のテストの所にいると賭けてもよかったろう。

「何がおぬしをわしの前へ連れて来たかの？」と賢人が尋ねた。

兵士たちが素早く動き、鋼の刀身が銅の鞘の中で滑る音が聞こえた。

「偉大なハーンのありがたい思《おぼ》し召しです」と異国人は答えた。

再びブロンズの扉が回転し、再びエナメルの壁の間を怯えながら歩き出した。三回、四回と門の前に出た。その度にまばらな髭の賢人の問いかけに対して一番適切な答えを見つけた。一〇番目まで、そうだった。そうして難儀な道行きの後、もう一度サーベルを構えた厳《いか》めしい兵士らの警護する門の前に出て、まばらな髭の黒衣の老人が然るべき問いを出したとき、異国人は疲れてぼうっとしていて、何も分からなかった。護衛はサーベルを抜いた。

「おぬしはいくつの門を越えたかな?」と老人は微笑んで繰り返した。

刀身が煌めきながらゆっくりと振りかぶられた。

「一〇の門を通りました」異国人は急いで答えた。

ブロンズの門はびくとも動かぬままだった。剣を構えた兵士の腕は頭上高く振り上げられた。異国人は大ハーンの前へ着くまでに通った三つの門も勘定に入れるのだったかと考えた。

「一三!」と哀願するように呻いた。

賢人はまばらな髭をしごきながら微笑んだ。そうして鋼の刀身が風を巻いている間に言った。

「おぬしは一〇回越えた、確かにの、されど同じ一つの門じゃ」

それから、血まみれの頭を甃《いしだたみ》から拾い上げて、頭蓋骨の山――それは異国人の目には入っていなかった――の上へ放り上げた。

モートピア　Motopia
——モーター市

　一体いつ出現したのか、いつ拡がり始めたのか、そうしてどんな力によって拡張しているのか、確かなことは一切わからない。未来を予測するという、その難しいテーマに敢えて取り組もうとするものは少ない。成長は止めようがあるまいと多くの人が心配してはいるのだけれども。モートピアは膨張真っ最中の都市だ。だが、それはそもそも都市と言えるのだろうか？

　およそ直径一〇〇キロメートルの円形を想像されたい。この円の円周を構成しているのは、ぎっしり並んだおよそ一〇万台の巨大な一種のコンバインのような機械で、それがゆっくりと外側へ進んで行く。中心から遠ざかるにつれて、隙間ができてくると、別の巨大機械が出てきて前線に並ぶ。他ならぬこの完全自動化移動工場の役割は、進撃準備である。

小山や丘は均され、窪地は埋められ、峻険《しゅんけん》な山岳まで完璧に水平となった。森林は材木と繊維に変わり、掘り取った沃土投入で湖沼は乾き、河川は蓋をかぶせて暗渠《あんきょ》となり、あらゆる動物の価値は産業用に値踏みされた。だが巨大コンバインの群はただ平らにしているだけではない。その後ろからお伽の国さながらの道路網が姿を現す。数十の方向へ展開する多層のハイウエイがコンクリートとアスファルトの不思議なレース編みとなって交差する。その編み目には地上地下の駐車場、数十階のパーキングタワーがあり、マーケット入り口の金属製ドアには謎めいた錠が付いている。地上数百メートルには昼夜を通じて薄い青い雲が拡がって、地平線をすっかり閉ざしている。

都市に住むのはホモービルという多産な人種だけだ。彼らの生態は、あとで説明する理由により、比較的僅かしか知られていない。それでも、当地から奇跡的に生還した何人かの無鉄砲なリポーターによって若干の記録は伝えられている。ごく短い滞在の後だから明らかな混乱があり、また前後矛盾する記述が多いことからして、公開に価する情報はごくおおざっぱなものである。

ホモービルの存在は――明らかになっている限りでは――マーケットの門から始

まり、そこから一時間ごとにコンパクトなグループになって出ていく。ここに現れるのは大きな体積の成熟したモデルだけらしい。さまざまな亜種の間の違いは心臓の形と位置、トランスミッション、サスペンションなどのような解剖学的データのレベルだけである。家族ごとの特徴は車台の作りに、とりわけラインやカラーやライトの数などのレベルでの違いに表れるが、登録ナンバーの違いだけの場合もある。どの報告でも一致している一つの共通の姿としては、血の滴る傷のような一つの赤い目が頭頂部で解読不能な不気味な瞬きをしていること。

ホモービルはあらがいようもない活力を発揮する。その活力は何よりも移動に使われる。その目的に当てられたハイウエイ網の中を一見無茶苦茶に、高速で移動する。無意味に見えるのは見かけだけだ。実際には、この高速マジックダンスの間に独特な形での自然選択の過程が展開する。一番頑丈で、反応が魔術的で、実存の地獄のリズムによく適応したモデルだけがアスファルトの車線上のこの狂気の疾走で生き残る。ブレーキ、ステアリング、信号装置のちょっとした欠陥でも重大な危険につながる。脊椎《せきつい》が微かにでも曲がっていれば命取りだ。特大型のトラックが屍体をマーケットの近くまで運ぶ。そこで屍体は——予め平行四辺体に圧縮された上で——謎めいた流儀で回収され、おそらく、複雑な過程で新しい突進流星の繁殖に使われる。

長い厳しい路上対決、日々の生存闘争の時間以外は、ホモービルたちにも駐車スペースでの短い余暇がある。黙々と身じろぎもせず、ライバルたちの接近にも無感覚で、奇妙な麻痺《まひ》状態で座り込み、たいていは巨大なスクリーンに背を向けている。そこには過酷な掘削機生活を語る映画がきりもなく繰り返し映写されているのだが。ハイウエイで活力を消費していないときには、モートピアの家族たちはパーキング・タワーで夢一つ見ない金属的な眠りで夜を過ごす。

モートピア住民の生活で一番気になること――それこそがこの都市の巧みな成長を醜悪なものにしているのだが――は食生活である。簡単に言えば、ここで行われているのは食人である。ホモービルの主食は人間なのだ。偽りの、だがよくできたプロパガンダに惹かれ、素朴さの極みで信じ込み、族長制の村々から誘い出された人々は、モートピアの鉄道駅や空港にごっそりと降ろされると、そこからじかに飢えた野獣の群に放り込まれるか、ばら荷で特殊倉庫――華やかにもホテルと呼ばれるが、居住者の家族が夜を過ごす建物に直結している――へ輸送されて、生きたまま彼らの朝飯に供される。うんざりするほど詰め込んで、アスファルトの路面すれすれまで垂れ下がった腹をゆったりと丸めて、ホモービルたちは餌食の消化にとりかかる。斜めにカットされてどんよりとした額の奥には限りなく薄暗い思いが潜む。初めに触れた何人かのレポーター（彼らはまことにわれわれの救い主である、というのも、最大の危険は、モートピアの存在そのものだけではなく、その存在が無視されていることなのだから）を例外として、誰ひとりこの不吉な都市から戻っては来なかった。括弧《かっこ》付きで言うのだが、そこにたどり着いた人が電話や手紙で、素晴らしいところだと感激を述べたり、この町に永住するという信じがたい決心を知らせて来たりするのは、死の脅威に直面した絶望の行為としか考えられない。さもなければ全部そっくり狡猾な、グロテスクなフェイクだ。

生きて帰ったものはホモービルらの際限ない残虐さについて身の毛もよだつような話をする。彼らはしばしば、栄養のためではなく（そもそも栄養は専《もっぱ》ら生きた人間からとるのだが）、ただの楽しみのために殺している。差し迫った危険に気づきはじめると、囚人たちはなにか逃げ道はないかと思いめぐらす。そうして、唯一の解決は徒歩脱走ということになり、彼らは不吉なホテルの部屋から離れることを試みる。現地民の洗練されたサディズムはここでようやくその全貌を現す。わざと出口を見張らないのだ。ホモービルたちには分かっている（その恥知らずさたるや、想像を絶する）。モートピアの都市境界までの数十キロメートルを、逃亡者が歩けるのは交通量の少なくなる夜間だけだから、日中は隠れているわけだが、夜中にあの無数のアスファルトの舗装道路を横切って行かねばならず、成功はそれこそ奇跡でしかないと知っている。幸いなことに、そんな奇跡もいくつかは起こった。だがその稀少な奇跡のために膨大な数の逃亡者の生命が支払われた。なぜならば、希望を抱かせておいて、それから腹を空かせて集まって襲いかかり、不吉な軋《きし》み音を立てて次々に容赦なく轢《ひ》き潰すのだった。そうして死骸は埋葬もせずに残虐な処刑場所にそのまま放置して腐るに任せ、アスファルトの上で白骨化させた。それは、ぞっとするような髑髏《どくろ》を見せて、抵抗しようなどという考えが芽生える前に引っ込むようにするためだ。

アルカ　Arca

——方舟

……

コスモヴィア Cosmovia
——宇宙市

長い間、みんな自分たちの都市がユニバースの中央に位置しており、周囲の無数の天体はコスモヴィアの伝説的創設者スタリスの命じる通りに動いているだけなのだと信じていた。ところがある日、彼らのうちで頭のよく働く人物が、恒星の移動は信じられているような偶然ではなくて、精密な法則に従っていることを証明した。さらに、恒星と惑星、銀河と星雲が、質量、距離、速度で決定される相互関係にあり、この宇宙に定点はない、ユニバースの中央は存在しないことを証明した。そうして超銀河空間におけるコスモヴィアの現実の運動も同じ法則に従っており、実際上、近隣の諸銀河の相互位置関係によって決定されていることを証明した。

いったん天文学が科学的に打ち立てられると、コスモヴィア人の知性は目覚ましい発達を記録した。毎週何かしら大発見があり、毎月新しい学問分野が幾つも誕生した。間もなく、認識が進化して、それまで忘れられていた古文書館にあるこの都市の資料の解読ができることになった。極度の労苦を伴うこの作業は——ある偶然からその後高名な専門家集団に委ねられたのであるが——驚異の啓示をもたらした。まず第一に、彼らの街は巨大な一隻の宇宙船に他ならず、今はコントロールを失って深淵を彷徨《さまよ》っているのだった。次に、スタリスは本当に実在した。宇宙船の最初の船長だった。最後に、様々な資料から帰結されたのだが、遠征隊は、ある時、どこからどうして来たのか分からない奇妙な異星人グループの攻撃に直面することになった。戦闘は長期かつ極度に激しいものであり、しかもその最終の帰結はどこにも記載されていなかった。要するに以上が全資料（つまり当時残存した資料のすべて）を渉猟しての結論だった。明らかに、多くの資料が当の戦闘の最中に、あるいはその後の完全な忘却の歳月が誰にもわからぬ長い間続くうちに、損なわれたということがあり得た。

センセーショナルな発見の大騒ぎが落ち着き始めた頃に、コスモヴィア人はついにその発見が内包する深遠な意味に気づくようになった。つまり彼らには先史時代というか、もっと正確には原史時代があったわけだ。突如として、恐ろしくドラマチックな質問に直面したのである。われわれはどこから来たのか、どこへ行くのか、いつから当てもなく天空をさまよっているのか、そうして、この無意味な疾走はいつまで続くのか？　だがコスモヴィア人を最も痛切に悩ませたのは、根本的な不確実性だった。自分たちは生き残った英雄的な乗組員の末裔なのか、それとも無慈悲な乱入者の子孫なのか、その確認が不可能なことであった。双方の戦士の姿の描写は何一つ伝わっていないから、どちらの仮説にも同程度の可能性があり、しかし同時にどちらも根拠薄弱だった。また一方、犠牲者と攻撃者の共通の子孫という想定も、無下《むげ》には退けられなかった。

この怖るべき曖昧さから抜け出せぬまま幾世代かが過ぎた。だがついに——血管を流れるのが英雄の血か呪われた血かと問い続けることに疲れ果てて——コスモヴィアの住民は、その事実にはもうなにも重要なことはないらしいという見解に一致した。旅路の最終目的地の欠如さえ、全然問題でないと確認するに至った。何人かは、その欠如がごく自然なことだと見て、その必然性の証明までして見せたのである。

サフ・ハラフ　Sah-Harah
——貨幣石市

ロード・ノウシャーは興奮をおさえかねた。目の前僅か数マイルのあたりに、陽を受けて、サフ・ハラフの赤い城壁が輝いていた。一瞬、途上で味わわされた数々の悲劇的なできごとを忘れ、仲間の不幸な運命を忘れ、案内人たちの逃亡も忘れ、ついに目の前にした恍惚の眺めのほかは、一切を忘れた。アブー・アッバースからのいくつかの引用を原文で暗記するまで繰り返し、二〇〇〇年以上昔のパピルスに記されたアビュドスのコプト語の銘文（デール・エル・バハリ*の無名墓の中から発見されて今まで確実な説明のないままだったもの）と比べながら、永い歳月の間夢見てきた眺めがこれだった。さあ見よ、ついに標的に到達したのだ。ロード・ノウ

＊　ルクソールにあったハトシェプスト葬祭殿。

シャーはややしばらくの間、待ちわびた勝利の味を嚙みしめていた。高くついたものだなあ。探検の必要品の残り全部が入っているザックを背に掛けると、決然と足を踏み出した。輝く花崗岩の城壁は彼方から最後の、そしてあらがいようのない誘惑を投げかけていた。

近づくにつれて、都市の形が円環状であることがはっきりしてきた。イギリス貴族はその直径を目測した。少なくとも二マイルはある。サフ・ハラフの外観は、招かれざる訪問者から見ると、完璧に磨かれ組み合わされた石のブロックでできた高さ六〇―七〇フィートの一連の壁である。どこにも割れ目一つ、凹凸《おうとつ》一つない。遠くからは、都市は平べったい円《まる》い蓋をかぶった単一の巨大な円筒形の建物のように見える。近づくにつれて、前景に聳える壁で蓋は見えなくなる。壁にたどり着いて、太陽で熱くなった赤い石に手を触れた。入り口を捜して回り始めた。計算上、周囲を四分の三近く踏破したところで、ついに高く狭い開口部を発見した。その狭さと言えば、よほど痩せぎすの人間でなければ潜り込む気になれまいと思えるほどだった。ロード・ノウシャーは足を止め、ザックをおろし、何ができるかと思案した。

入り口（到底門と呼ぶわけには行かなかった）は呆れるほど単純なものだった。壁の連なりを下部三分の一の所で断ち切っている長い、暗い一つの開口、一つの裂け目。恐ろしげな所は何もない。さらに先へ行こうとするものを脅かすもの、押しとどめるような要素は何一つない。開かずの扉や錠前も、スフィンクスやキメイラなどの影もない。だがそれにもかかわらず、入り口を眺めると、さすが大胆不敵なイギリス貴族も一種不快な戦慄が頭のてっぺんから踵《かかと》までよぎるのを感じた。しかし後へ引くにはもうおそい。沈思一分、目に見えぬ閾《しきい》をまたいだ。名にし負う痩身の貴族であり、しかも日々焦熱の荒れ地の歩みでさらに肉が落ちていたが、それでも体を横向きにし、顎を肩に寄せ、ザックは紐で引きずらなくてはならなかった。予測に反して、またこのような場所につきまとうさまざまな伝説と違って、慎重かつ巧妙な侵入者でも引っかかるような罠も、落とし穴もしかけられてはいなかった。逆に、あの押しつぶされそうだった開口部の内側はすぐに拡がり、確かにあまり広いとは言えないが、歩きやすい廊下のようになった。どこか上の方からの明かりがあり、空気は呼吸しやすく、床面は微かに上り坂で、壁面はなめらか、そうして廊下は左方へ僅かにカーブし続けていた。曲がり方は外壁の形にごく近いように感じられた。

何時間か歩いた後に、ロードには回廊の形は環状ではないと分かった。というのは、環状だったら、もう元の入り口に着くか、すでに通ったところに出るはずだったから。回廊は一貫して少しずつ左へそれる経路をたどっていた。間違いない。道は巨大なゆるやかな螺旋形を描いているのだが、その中心は彼には分かりようがない。なぜならば曲率を正確に計算することはできないし、壁の厚さも知らず、さらに、螺旋が巨大な建築の中心まで伸びているのか、それとももっと早く終わるのかも見当がつかない。できることは一つしかなかった。壁の内周を旋回しながらひたすら前へ進むこと。

この緯度では夕暮れが非常に短く、そして回廊の明かりはやはり外からのものだったから、薄明からたちまち暗くなった。時計を見て、背負っていた荷をおろすだけの時間しかなかった。漆黒の闇。何時間もの間、反響で増幅された自分の足音以外なんの物音も聞かなかった。緊張して耳を澄ませたが無駄。どんな微かな音も彼の鼓膜に響かなかった。澄んだ夜の静寂のなか、自分の呼吸とゆっくりと打つ心臓の鼓動だけが生きているしるしだった。目を閉じた。回廊のイメージが、歩くほどに揺れながら、頭にしみついていた。それから、疲労と興奮のあげくに、ロードは夢一つない眠りに落ちた。

夜は何事もなく過ぎた。とはいえ、探検に出発して以来初めてだが、ロードが目覚めて味わったのは、取り返しのつかない時間が過ぎ去ったという感覚だった。もう一度ごく貧弱なザックの内容を点検した。双眼鏡、地図、壊れた磁石、大分前から何も書かなくなっている日記帳、手放したことのない一冊の本、腰のリボルバーの弾丸ケース、淀《よど》んだ水が半分ほど残る水筒、乾パン、チョコレート、何個かの缶詰、ナイフ……そんなところだ。食料はうんと節約すればまだ何日かはもつだろう。水は――せいぜい三日。全然安心できる状況ではない。出発した。前へ進むしかない。一瞬、逆方向を取ったかと怯えたが、そんな気がしただけだった。道は僅かに左方へカーブしていた、つまり万事異常なしだった。

この歩きやすい道の問題点が今ようやく分かって来た。なお一日過ぎ、二日過ぎ、一週間経たないうちに、空腹、何よりも渇きに苛まれていた。足元が怪しくなり、目が霞み、回廊のカーブがどちらを向いているか気になった。もう眠らなかった。夜中も足を休めなかった。ずっと同じ道の映像が網膜に焼き付いていて、まっ暗な中でも絶えず目の前でガイド役を果たしていた。もう昼と夜を区別できず、数えることもできず、頭を占めているのは、頑強に姿を見せない廊下の終点に着くことだけだった。むしゃくしゃの挙げ句、いつの間にか来た道を引き返していると思うこともあったが、それなら出口へ着くまでに渇き死にだとよく分かっていた。そうして弱った足がもう進めず、倒れるだろう、なおしばらくは這うだろう、そうして結局は呪われた廊下の終点についに着くことなく死ぬのかと思ってぞっとした。ロード・ノウシャーはつまずいて転んだ。膝をしたたかに打った。真っ暗闇の中を歩いていることに初めて気がついた。手を伸ばし、壁につかまろうとまさぐった。指に触ったのは骨、骸骨の破片だった。何とか起き上がった。なお先へ進まなくてはならない。休憩しようと座り込んだらもう二度と立てないと分かっていた。いっそう慎重に進んだ。そうして、まもなく、本当に明るくなってみると、また幾つも骸骨があった。残りの理性を振り絞って分かったのは、これまでたどってきた円周が今はずっと小さくなり、回廊の曲率が目に見えて大きくなっていることだった。もう少しで中心に達する。呼吸が苦しい。舌が膨らんでいる。空腹で内臓が千切れる。これまで背負ってきたけれどもう何の役にも立たないザックを放りだした。靴も脱ぎ、それから服も捨てた、一枚、また一枚。最初の朝目覚めたときに襲った、戻るすべがないという感覚が、今は心身の隅々まで占めていた。

素っ裸で、貨幣石の都市サフ・ハラフの中心の円いホールにたどり着いたとき、ロード・ノウシャーは力尽きていた。壁にもたれかかった。そうして、おもむろに床に座り込む前に、部屋をかろうじて一瞥《いちべつ》した。目に映った景色はどんな人間をも震撼させずにはおかなかったろう。広間を囲む一二脚のどっしりした黄金の肘かけ椅子のそれぞれには、象牙と宝玉でできたオシリス神の彫像が座っていた。雪花石膏の壁面は『死者の書』の情景とヒエログリフの銘文を浮き彫りした巨大な装飾帯になっていた。室の中央には、蜜、小麦、葡萄酒、ナツメヤシの実を入れた瓶や籠《かご》を満載して並ぶ青銅のテーブルの間に、純銀製の壮麗な柩《ひつぎ》が聳えていた。柩の蓋は開いて、二本の糸杉の棒で支えられていた。その傍らに、広間に満ちる華麗さとコントラストをなすシンプルな椅子に、紫色の衣服がかかっていた。

ロード・ノウシャーはふらふらと立ち上がって、宙を泳ぐように、数歩進んだ。体は今や何の痛みも感じず、飢えも渇きも消えたのか、あるいは彼はもうそれを記銘しなかったのか。何が彼をここまで引き寄せたのか、それすら忘れ果てていた。視線をさまよわせながら、山のように珍味を載せて立ち並ぶテーブルには気も留めず、柩の中を覗き込んで、それが空であることを確かめた。神聖な儀礼を果たしているように、ゆっくりした、謎めいた身振りで、静かに体を動かした。紫衣を取り、身に付けた。それから、蓋が落ちないようによく気を配りながら、柩の中に身を横たえた。唇に異様な微笑みが刻まれた。二つの世界の境にも気づかずに、彼は静かに消えて行った、あたかも境界など存在しないかのように。

死んだ。

糸杉の二本の棒は朽ち、折れて細かい埃が舞い上がった。柩の重い蓋が轟音とともに閉まった。蓋の表には、謎めいた微笑で形を変えたロード・ノウシャーの姿が彫刻されていた。四〇〇〇年前から、そこで、本人との出会いを待っていたのだった。

シヌルビア　Sinurbia

――憂愁市

シヌルビアの住民は得体の知れぬ憂愁《ゆうしゅう》を味わっていた……。

初め、ここでは入り江の静かな水があたりの断崖絶壁と絵のような対照を作っていた。次いで、過密な島の一角に一つの水上都市を建設する着想が生まれて、入り江の波は異形の船の群れに切り裂かれた。ひと月もしないうちに最初の居住区――建設者たちの住む街区――ができた。すぐに、他の街区、公共センター、働く場所、遊びの場所が加わった。それから建設者たちは機材をまとめると、あの奇妙な船に乗り込み、来た時と全く同様に、突如として立ち去った。彼らの天職は落ちつくことを許さなかった。

海辺の青黒い深淵の上にかかるこの都市の交通網は一切の交差点というものがな

いように設計されていた。自動車道路網、地下鉄路線、モノレール路線、歩行者道路が全部で何層にも重なった巨大な蜘蛛の巣を作り、各層の中心にはモニュメントを備えた広場やテラスがあって、都市を代表する公共建築が建っていた。シヌルビア市民は高度な、活発な都会生活を営みながらも、一旦家に帰ると、ようやくその時自分の本当の性質が表れるのだと言うかのように、寡黙に、瞑想的になるのだった。だからあらゆる建築物のうちで一番大事に考慮されるのは住宅であった。住宅家屋は――一世紀過ぎても、ヨーロッパの流行はそこにいささかの影響も与えておらず――伝統的な単純さを保っていた。家財は移動壁で巧みに隠されていた。同じような壁がたくさんの部屋を分けたりつなげたりできた。床そのものが椅子やベッドとして役立ち、弾力性や硬さは好みに応じて調節できるのだった。インテリアの光沢のうち支配的な色は白だった。サロンの壁龕《へきがん》の中に見えるのは絵画か彫刻か単純な草花の鉢だった。

それにもかかわらず、シヌルビアの住民は得体の知れぬ憂愁に取りつかれていた……。

ある日のこと、住民の一人が自分の中庭を一つの庭園に変えて、島の原風景をミニチュアで再現しようと思いついて、いそしんだ。岩、砂、灌木、水たまり一つと一本のアーチ橋、石畳数枚の小道、庇の反《そ》り返ったキオスク一つ。この思いつきは感染力があった。たちまちのうちに、どの住宅にもそれぞれの庭園ができて、それぞれの持ち主の好みを反映しながら、いずれも決まって故郷の風景を写していた。シヌルビア人は憂愁を忘れた。

すると、理由は説明がつかないが、静寂で知られた入り江の水が落ち着きをなくした。海面には恐ろしいほどの波が立った。太陽は黒い雲のカーテンの彼方に消えた。猛烈な台風が都市を基礎から揺るがした。基礎は負けなかった。すべてを想定する精神で建設されたビルや街路や住宅も負けなかった。ただ庭園は怒れる水魔にすっかり荒らし尽くされた。明け方、嵐が静まってみると、庭園のあったところは深く崩れた穴となり、その底には海の一かけらが暗鬱《あんうつ》な目を光らせていた。

人々は拳を固めて陰気な井戸を埋め、板を張り直し、庭園の世話を再開した。今ではそこに生活が有機的につながっているように感じていたのだが。また台風が襲って努力は水泡に帰した。そうしてまた、そうしてまた……。住民の多くは脅え、疲労困憊《ひろうこんぱい》し、闘いを止めた。敗北者の数はめまぐるしく増えた。まもなく、シヌルビア市民に憂愁の克服法を教えたあの庭師第一号だけが、なお強情に小さな庭の灌木や庭石やキオスクの据え直しに励んでいるのだった。しかし、完成する度にまた台風がやって来た。

みんなは諦めろと勧めた。聞く耳をもたない。そこで、一同はかっとなって、庭の真ん中に口をまた開いていた深淵の底へ彼を突き落とした。彼がちょうどふさごうとしたところだった。海の一かけらは凶暴に目を光らせ、しぶきを上げ、彼を呑み込んだ。一同はあざ笑いながらそれぞれの家へ帰った。未亡人の呪詛《じゅそ》と慟哭《どうこく》と、三人の遺児の身を切り裂くような泣き声に送られて。

入り江の波は収まり、空は晴れ渡り、もう台風が襲うことはなくなった。けれども、どの庭にも海の目が一つ見張りを続けていた。

シヌルビア人は今も苦しんでいた。だがそれはかつての得体の知れぬ憂愁のせいではなかった。言いしれぬ恐怖に苦しめられていた。そうしてどの庭にも見える暗い口が悪夢を蘇らせるのだった。ここぞと、家族と財産をまとめて、一人また一人と都市を捨て、本島の雑踏の中に紛れ込んだ。そこで、すっかり安心して、罪の償《つぐな》いとして島民に高級な庭仕事のこつを教えていた。

ステレオポリス　Stereopolis
——立体市

第六感覚（通称ステレオグノーザ、空間での特別な方向感覚）は遺伝しない。遺伝学者によるこの断固たる宣告はステレオポリス住民の間に激しい動揺を呼んだ。世界中で活発な論議が沸騰した。

天才的な予見者らが大胆極まる空間都市プロジェクトを構想したのであった。そこでは水平、垂直、直角、平面の絶対性が廃止される。建設者たちはいくつもの世代を重ねて奮闘し、そんな創造を可能にする素材と技術の出現を準備した。恐るべき結末を予見したものはいなかった。

空間都市——ステレオポリス——は今や現実だった。数百億の人類が、生き残りの至高のチャンスとして望みを託した現実。この惑星の全表面を絨毯状に切れ目のない都市が覆い尽くして、それ自身の悪性組織で次第に窒息するのを防ぐ手段は、都市の構成に関して三次元を全面的に活用することだけだということは、すでに明白になっていた。曲線、斜線、三次元表面、空間性が、さまざまな機能の自由な有機的な組み合わせを可能にするばかりでなく、環境の十全な活用、建築の諸問題の合理的解決、最善の日照と通風、消費物資の無難な分配と廃棄物の収拾を可能にした。ステレオポリスの原型からの進化としてさまざまなバリエーションが数十の施設で準備された。すでに一ダースほどの現場が活動を始めていた。空間諸要素を組み合わせる複雑なプロセスは最強力のコンピュータ群に管理されていた。

新規のステレオポリス市民が最初の新築住宅に住み始めたあと、新しい憂慮の兆候が現れた。全く新しい方向感覚が必要になるのだが、人々はうまく適応できなかった。ちょうど、麦畑で一本の麦わらを伝《つた》ったり、茎の間をくぐったりして歩くのに慣れたアリが、砂山に埋まったあと、突然明るいところへ這い出した時のように。多数の失踪者が記載された。特に、電子ナビゲーションを利用できないお年寄りや子供に多かった。そうして日々の移動に要する時間は以前とは比べものにならないほど長く（移動の距離はずっと短くなったのに）かかり、これが不満の種になった。世論やプレス・キャンペーンに圧される形で、交通機関に追加する特別な手段と、オートマチック・ガイダンス・システムの改良措置が採用されて、迷う人の数は激減した。ところが、後にステレオポリス症と名付けられる奇妙な病気が発生し、世界中で大騒ぎになった。初期には、この病気にかかった人は眩暈と頑固な吐き気に苦しむ。それからバランスが取れなくなり、それに刺すような目の痛みを伴う。医師たちが説明を見出し、何か治療法が決まるまでに、患者は死亡した。この病気は極端に進行が速かったからだ。とうとう、ステレオポリス症にかかった人は初期段階で街から出ることが唯一の解決であるという事実が認められた。そうするなら、完治は得られないけれど、元患者が（長い快復期の後で）有用な活動に復帰することが可能だった。もちろんステレオポリスに戻ることは永久に禁止された。

発病者の数は急激に増加した。予防措置が執られた。街の全住民に、長期の宇宙空間滞在候補者選別用のものに似た特殊なテストが義務化された。いくつかの予備段階をパスしたあと、集中的な適応訓練によってある程度の免疫が保証された。〝追試〟は認められず、適性欠如者は、当人の幸せのために、都市から外へ移住させられた。

やがて病気は下火になり、ごく希に一人か二人発症するだけになった。訪問者は一週間以上は市内に滞在しないように言われた。また、ここに定住を望むものは、予備段階テストを通過した後、規定の訓練ステージを消化する。状況は最終的に解決したと言えよう。その間にいくつかの新しい空間都市が供用されようとしていた。選別委員会は大車輪で候補者選定に取り組み、適応訓練も始まり、何人かはすでに住み着いた。今日明日にも正式な落成式が挙行されるところだった。そこへ正真正銘の大ショックが走った。住民があれほど苦労して獲得した空間知覚、いわゆるステレオグノーザが子孫には遺伝せず、その出現は偶発的なものに過ぎないことが確認されたのだ。

遺伝学者のこの結論に一番残酷に打ちのめされたのはほかならぬステレオポリスの住民だった。子供を愛するが故に多数が街を離れたが、それは結局、もとの都市空間（正統な、二次元的な、言うなれば伝統的空間）への再適応は不可能だと確認することになるだけだった。その結果、ある人々はステレオポリスに戻った。ほかの人はもう産まないことにした。だがそれは自然に反する選択で、長続きはしなかった。

「この都市の将来が心配だ」と「建築者」は思案していた。子供の生命を危険にさらさないように、人々が子供を放棄する様子が見えた。子供たちをテスト可能な年齢になるまで特別施設に入れる様子が見えた。――だがパスしなかったら、哀れ！　家族そのものが意義を失って分解して、新しいタイプの個人の自由のための社会を準備するのが、だが個人を分離と孤独と苦悩の暗黒に沈めるのが見えた。

いったい、なにかほかの道はないのかなあ？

プルートニア　Plutonia
——冥王市

　彼は掘っていた。幾年この方、幾世紀この方、たぶん天地開闢《かいびゃく》以来、絶えず、疲れを知らず、掘り続けていた。一体何が彼をそう駆り立てたのか、掘っているうちにすっぱり忘れ果てた。不可避な熱核破局の幻か、地表の人口過剰増殖の認識か、突然また覚醒した何か古代の本能か、それともただの好奇心か……。結局のところ、もともとの動機には興味がなくなった。唯一本物の世界は掘り進めている最奥の世界だという確信、地上のすべての存在の現実性はいよいよあやしくなり、それは贋《がん》作《さく》にすぎず、将来性のない不毛の経験なのだという確信があるだけだった。地上の諸都市は常に彼の深い不信をそそるばかりであり、建築の究極の本質は内部空間にあると真剣に信じていた。上では、明るい光があるから、外面がどうしても無視できない。一方、ここプルートニアには内面しか、真の建築の精髄しか存在しない。彼は使命を発見したのだ！

今や彼にとって都市とは地下室空間――ギャラリー、回廊、ホール、井戸――の巧緻な三次元的連鎖であり、形も寸法も彼自身の想像力以外に限界はなかった。通路で跳ねまわるのが楽しい大きな迷宮、滑らかな壁面を手探りして、空間の起伏のリズムに不満があればすぐに新しい切り羽《は》を開く。実に、この無制限の変容の可能性、ほとんど有機的な構造の可動性こそが、地下都市の主要な利点だと考えていた。

掘削は無数の満足をもたらしていた。それは新しい径路を考え、その度に新しいビジョンで部分を全体に調和させる努力の陶酔だけではなく、労働が筋肉の強化と関節のリズミカルな回転に役立つばかりでもなくて、存在の、十全な充足の一様式なのだった。確かに、視力は衰えた。土埃が目に入らないように瞼を閉じていることに慣れ、今ではいつか開くことができるのかどうか、確かではなくなった。結局のところ、視覚がなんの役に立とう？　内部空間の知覚は可視性にいささかも条件付けられてはいない。そもそもプルートニア人の意味する内部という概念には真の闇が含まれている。そうして、たとえ照明があっても、たとえ見ることができても、その表象は光学的錯覚に基づく混乱だけだ。だから、視覚は余計混迷を招くから、なくてもよい。

聴覚の場合は全く話が違う。コウモリにも負けない極度に鋭敏な聴覚を獲得している。それは百パーセント間違いない。地下回廊の複雑な迷宮の中で誤りなく方向を決め、遙か遠くから敵か味方か識別し、浮き石を確認して、崩れるおそれのある回廊を避けることができるのは聴覚のおかげだ。仕事中に、ちょっと手を休めるだけで、すぐにあらゆる方向から真摯《しんし》な活動のしるしの音が耳に届く。至る所で熱心に掘っていた。決して、一瞬でも、孤独と感じることはなかった。

聴覚だけのことではない。触覚の鋭敏さも目覚ましいものがある。明らかに、手足が短くなり、手のひらも足の裏も拡がったことは確かだ。目はほとんど見えなくても、それは知っていたし、体中に短い、密生した、柔らかい毛が生えていることも分かっていた。だがちょっと触れるだけで、それも体の余り敏感ではない部位を使ってでも、地層の様々な硬さ、組成を識別し、小石や砂の顆粒《かりゅう》状態を特定し、基礎と導管と岩石を弁別していた。さっと撫でるだけでやっつけ仕事か力作かが分かった。彼らの学識をこめた精巧なドームは永遠に残るのだ。

すべての感覚のうちで一番目覚ましく、一番透徹《とうてつ》しているのは、疑いもなく嗅覚だった。その助けで噴水や源泉や自由地下水面を発見し、墓地に近づかず、食べ物を得た。幼虫一匹ごとの寝床、蟻塚、若い細いみみず、念入りに隠されたリスの餌穴を的確に捜し当てた。だが何よりも、嗅覚は彼をあやまたずに愛の結合へ導いた。それを思うだけで頭がくらくらした。味方にした土をくぐって、予想できない軌跡を描く熱狂の追いかけっこ、それよりも完璧に近い幸福の表現は想像できなかった。それは若々しいはにかみと、牙どうしの噛みつきとの奇妙で爆発的な混ざり合いに、汗ばみ、埃をかぶった円筒形の体の逆説的な抱擁に終わるのだった。

とは言え、滅多にない休息の瞬間、夢想に耽るときには、彼の思いは過去や未来の恋愛へではなく――説明はしにくいが意味深長な形で――創世記へと向かった。プルートニアの最高神を、湿った闇の中で境界のない非存在の「宇宙」の回廊を造物主ふうに掘っている巨大なモグラの形をした「建築者」を思い描くのだった。

ノクタピオラ NOCTAPIOLA

——夜遊市

高みから、ごく高くから見ると、一つの列島にみえる。少し近づくと、湖をちりばめた一つの膨大な森に似ている。歩行者の目線になるとようやくこの都市はその無菌的な奇妙な存在を露《あら》わにする。陸と海の、岩と森の、自然の断崖と人工の建築との抱擁。それらが世界のほかのどこよりもここで至高の調和の域に達している。

家々は、湖の岸辺や、松と白樺の間に、適当にばらまいてあるかのようだが、それぞれの間にはかなりの距離があって、全部を調べようとすれば相当な時日を要しよう。ニス塗りの白いサッシの大きな窓は双方向からの光を通し、家屋の快適さはうるさ型の要求を満たすレベルで、中でも空調システム（スウェーデンのパテント）は各部屋を好みの温度と湿度に保つのである。

ゆるやかにカーブする並木道には黄白色の小石が敷かれていて、春が来る度に整え、洗い、新しく入れ替える。芝地ではブロンズや花崗岩の彫像が夢想に耽っている。ノクタピオラは泥のない都市で、埃も犯罪も押し込み強盗も不倫もない。月のない都市で、もちろん恋人たちもいない。ここの生活は随分退屈だろうと思われるかもしれない。

実際、日中は何も起こらない。まるで町に人がいなくなったかのよう。黙り込んだ家々の間を人気のない並木道が、彫像たちの秘密と憂愁をさらに強めようとてか、大きなクエスチョン・マークに似たカーブを描いている。時間は気づかれぬまま過ぎて行く。時計は存在しない。そもそも時間を測ることは厳しく禁じられている。夜の帳《とばり》が降りると、夜は夜で星も月もなく、陰気で長いのだが、人々は生気を示し始める。突然眩しい光が部屋に溢《あふ》れ、すると大きな窓越しに、見たこともないようなご馳走を満載したテーブルの周りにみんな集まっているのが見える。あらゆる大陸の珍味《ちんみ》佳肴《かこう》がどんな径路でノクタピオラ人の夜ごとの客人のもてなしに当てられるのか、説明できたものはまだいない。同じように、彫像と並木道の存在理由についても、多少とも納得のいく説明はできなかった。知っての通り、この北国の町の住民は年に一日だけしか家を出るところを見られたことがないのだから。

真夜中に明かりは消える。よそ者よ、間違ってもこの時刻にノクタピオラに到着するな。そんな経験を味わおうと望んだ不敵な男たちは一人も助からなかった！夜明けには、彼らの無残な、ちぎれ、ばらばらになった屍《しかばね》。これ以上なにも言わないほうがいい。

年に一度だけ、特別許可があれば、外来者は夜半過ぎにここへ来られる。夏至の夜だ。その夜はだれも死なない。太陽それ自身も、赤くはなるが、地平線の上にかかったまま闇夜を見下ろしている。この唯一の白夜に入市を許された数少ない旅人たちは、海の底から人間離れしたノスタルジックな歌声が弱音で響いてくるありさまの魅惑を物語る。それが聞こえると、あるとも思わなかった門が開き、きらめく後光に包まれて、ノクタピオラ人が石の階段をおりて、波の深みに入って行く。若者も年寄りも、男も娘も、妻も子供も、麻薬に侵されたように濡れた石畳を踏んで、ゆるやかな身ごなしで、暗緑の冷たい水に身を沈める。白い、大理石のような、異教的な美しさの裸体が波にのまれて行くにつれて、姿のないあの声は静まって行く。半開きの戸口からは白樺の樹皮の匂いのする熱い湯気が流れ続けている。

彼らの水中散策の動機は分からない。長い潜水を生き延びる奇跡的なメカニズムも不明のままだ。数時間後、疲れ果てて岸に這い上がるとき、ノクタピオラ人はどんなにまともな質問に対しても到底答えられそうにない。そうして、彼らの後ろで門が閉じるとき、太陽はまたぎらぎらと天頂へ向かっていく。

ユートピア　UTOPIA

六角形で、対称形で、光り輝くほど清潔で、その都会は威厳ある幸せな生活のために必要なものはすべて備えていた。深く幅広いいくつもの堀が川筋と結ばれていて、平和な時代には養魚場、プール、また航海訓練場として使われた。秘めやかに連なるドームを載せる未曾有な厚さの外壁は、どんなに恐ろしい襲撃でも食い止める堡塁として建造されただけでなく、内部は優秀な武器庫、ワインと食用油の涼しい貯蔵庫、広い穀物倉、また野菜果物用のサイロとして、たいそう便利だった。塔や時計台に囲まれた城門を抜けると真っ直ぐな舗装道路が開けて、交差点は大小の広場となった。広場は大理石の彫像と噴水で飾られていた。川には魅惑的な彫刻を施した贅沢な石造のアーチ橋がかかる。どの家族も、大通りに平行した通りにそった高層建築の中の結構な住宅を使っていた。上下水道が完備し、部屋は広びろとしている。

全部で六本の主要道路沿いには商店、アトリエ、手工業所、宿屋、酒場、ビヤホール、学校、兵営、公共浴場が並んでいる。広場には同業組合の事務所、教会、図書館に博物館、裁判所と刑務所と処刑台、市場や舞台があった。六本の大通りが集まる中央広場には市庁舎、大聖堂、取引所、大学、円形劇場と市民集会所があった。市内には縦横に運河が走り、庭園、公園、貯水池や湖が涼を添えていた。すべては建築、倫理、政治、哲学の最もすぐれた規則に従って構想されていた。市民は立派な自由を享受し、平等な直接選挙で選ばれた高官が公明な法律に従って都市の仕事を処理していた。

それでもこの都市の住民には一つ欠点があるようだった。それは動かないこと。古代のポンペイで生きていた人々のように、「眠りの森の美女」の登場人物のように、魔法の杖で打たれたかのように、住民は奇妙極まる姿勢で固まっていた。ここでは、黒い法衣の司祭が跪いた敬虔な信者のコルセットに目を据えたまま。こちらでは立派な演説者が居眠りしている聴衆へ情熱的に語りかけるところだった。そこでは、軽業師が危険極まる三回転の空中で停止していた。肉の垂れ下がった中年女がいつまでも三文画家にポーズをとっている。首切り人の打ち下ろす斧が喉元三寸に迫ったまま、死刑囚は数百人の見物人の阿呆づらの前で動かない。腰の曲がった年寄りが何とか望遠鏡を使って公衆浴場の若い入浴客のまるまるした裸体をたっぷり鑑賞している。生まれかけた赤ん坊が途中で考え直して未来の母親を落胆させていた。腹を空かせた男の子が隣家の台所からもれてくる湯気の匂いに鼻をぴくつかせている。売春宿の薄汚い一室でいくつかのカップルが一瞬の快楽をいつまでも続けている。パントマイムのショーの間に、けちな掏摸《すり》が助役のポケットに手を入れたまま。ジョッキに注がれたビールが樽から離れるのを嫌がって宙に浮いていた。

満足できずに、スカモッツィ*は図版を引き剝がし、くしゃくしゃに丸めて、理想の都市の描きかけのスケッチの束の上に放りだした。

* Vincenzo Scamozzi（一五四八―一六一六）はベネチアの建築家。著作『普遍的建築の理論』はルネサンス期建築理論の集大成。

オールドキャッスル　Oldcastle

——古城市

幻想的な石組み格子《ごうし》に支えられた冷たい卵形のドームの下を、足音が遙かに響いて行った。夜は果てしなく、暗い窓にはめられたステンドグラスは何の役にもたたなかった。その鮮やかな彩りは、蠟燭《ろうそく》の青白く揺らめく光が窓ガラスを照らす希な瞬間になら外から眺められたことだろう。ただ、みんな屋内にいて、まだ誰ひとり出口を見つけていなかった。開くドアはどれも必ずほかのホールか通路につながっていた。木の階段はおどろおどろしく軋み、甲冑と武具一式は金属的な異様なきらめきを返し、石畳の床面はつるつるに磨いてあるから、頼る壁から離れるのは全くのきちがい沙汰だった。時折、足音がはたと途絶えたとき、だしぬけに不吉なうめき声が静寂を乱すことがあった。すると暗闇に住む人々は震え上がって逃げだし、甲冑や斧、まさかりをひっくり返して立てる凄まじい音に度を失い、階段を転げ落ち、手探りで灰色の支柱にぶつかる。そのありさまは耳をふさがれたコウモリの群れそっくりだった。

どうやってここへ来たのか、ここのだれが言えたろう？　古城の暗闇の迷宮にいるという考えに慣れきった人たちは、いつからこの中にいるのか、思い出しさえしなかった。というのは、もう時間はたいした意味を持たず、その流れは止まっているとさえ見えたからだ。新規参入者のほうは、遙か昔に空《むな》しくなったと思っていた沢山の世代と一緒にいるのだと思うとぞっとして、なおしばらくの間は、生者らしきものと幽霊とを区別するしかたを学ぼうと試みる。以前には、これがそんなに難しそうだなどと想像もしなかったろう。ここに一緒にいるものはもう生者ではなく、自分ら自身もすっかり死んでいるのだと悟ったときに、初めて大急ぎで新米幽霊一年生の勉強に励む。その場を動かずに足音をこだまさせること、磨き上げた床に触れずに浮遊すること、特に、深い静寂の瞬間に恐ろしいうめき声を上げること。

知らず知らずのうちに暮らしは晴れやかになって来た。新入りの監視や教育をまかされるようになった。果てしない夜というのは見かけだけで、規則的に断ち切るものがあって昼と呼ばれ、その間はポートレートの形になって壁面に固まり付くのである。その後、死にかけているものや、普通の生者にさえ、ちょっとだけ会うことが許されるようになった。それでも出口発見の執念が消えることはなかった。それどころか、格が上がるほど、ますます執念は深くなった。くぐりや地下室を抜け、屋根裏に上がり、宿所を這い回り、秘密の牢獄の一番遠くの隅々まであさり、かつて誰も動かしたことがない重々しい門の固い扉を叩いてみた。デューラーの黙示録ふうの版画をモデルに、大鎌の扱い方、シルエットや衣装の仕上げを学ぶ実習課程があった。それを終えると、とうとう厚い城壁をすり抜けることができた。すると城内の壁面に飾ってある肖像、それは彼らが生きていた最後の証《あか》しなのだが、肖像に皺《しわ》がより、色が落ち、輪郭も特徴も失われ、みじめな汚れた布切れになりはてる。一方彼らは一人一人、あるいは群れをなして、使命を今こそ果たすべく、世の中へさまよい出るのだった。

ゲオポリス　GEOPOLIS
——地球市

あり得る代案はすべて試した。疑いもなく、この惑星は居住可能の最終限界に来た。地表は一続きの都会で隙間なく埋め尽くされ、その居住区は、最大の山脈の高さまで、海洋の水面からさらに海底へ、不毛だった、あるいは凍結した地帯へ、ついには大地の内臓の中まで拡がっていた。どんなチャンスも無視されなかったし、わずかでも現実性のある計画は実現されずにはおかれなかった。

多様なタイプの居住区ごとの特有の条件に適応することによって、ゲオポリス人種は活力に富む主幹から次第に分岐していった。歴史的諸種族は全く違う性質の差異で特徴づけられる別な種族に席を譲った。モグラ人、イルカ人、鳥人、両生人などなどが出現した。一つだけ、生まれにくかった人種がある。ロケット人である。

遺伝的に支持されなかったので、宇宙飛行士の家系は困難な生存条件に構造的に適応できる独特な生物種を構成することに成功しなかった。その結果、ゲオポリスは宇宙空間へ拡大できなかったのである。仮想のコスモポリス建設には手が着かないままだった。一方、人口はなお増え続けていた！

この同じ時期に、いわゆるサバイバル学派あるいはサバイバル・セクトの蔓延が始まった。その信奉者のあらゆる種族にわたる最多数が楽天派に結集していた。彼らはこの問題が宇宙的限界となっているのは一時的なことで、遅かれ早かれ宇宙空間大移住が実現可能となって、他の天体に住むこと、近隣恒星系で生活に適した惑星への（すべてのゲオポリス人に公平な方法での）植民ができるだろうと考えた。夢想家とは不当なあだ名で、楽天派は活動的であり、粘り強かった。彼らが世論に相当強い影響力を及ぼすようになったのは、すべての人々にとって大いに幸運だった。実際、ゲオポリス人が次第に不便になる生活に、ますます増える仕事に耐えるために頼ったのは、そういう希望だった。このことがいよいよ重要になるのは、極秘扱いの調査の結果が芳《かんば》しいものとは見えなかったからである。

同じような結集力のある第二の学派は存在しなかったが、副次的な学派の中には主張の激越さで目立つものもあった。医学セクトは予防免疫的処置と衛生活動全般を断罪した。医学、生物物理学、遺伝学の進歩にこそ危機の責任があると考えた。それにいくらか関係のある原始人派は、野蛮への復帰、不幸をもたらした文明のあらゆる成果の放棄を唱えた。ネオ・ヨーガ派は禁欲と内省に人類の救済があるとし、断食と餓《う》えによる自死を称揚した。それに似た形で多くのセクトが集団自殺を説教した。毒薬、火、短剣、ロープ、弾丸、放射性物質などが正真正銘の崇拝の対象となった。ついには何人かが総員自殺のアイデアを住民投票にかけるよう最高市長に請求した。黙示録的幻想の信奉者も多数いて、時には科学で、時には啓示で結論を基礎付け、あるいは聖書を引き、あるいは終末理論を語った。やや穏やかな向きは、老人、幼児の殺処分と完全な避妊の提案をするにとどまった。狂信的セクトはある種族の優越性を唱え、その種族の覇権確立と他の劣等と見なす種族の根絶を要求した。この点で頭角を現したのはモグラ人種の隠密な、無責任な数グループだった。彼らは、地下食料合成工場支配権と原料資源の独占という、軽視できない切り札に頼って戦争を挑発した。だが実際のところ戦争には、意味がない――それは全員自殺と同じこと――だけでなく、目的も欠けていた。なぜならば、ほかの種族でも同じことだが、生活環境に適応したモグラ人種は、他の種族を絶滅してみたところで得るものはない。なぜなら、争われているのは食料と同じく空間なのだから。人類のドラマがそれぞれの種族内部で同じ言い方で繰り返されるのである。最後に、円盤屋とからかわれている救世主セクトの代表たちは、他の居住世界から、ゲオポリス以外に存在するかもしれない文明から、救いが来るのを待っていた。

そのとき、全く想定外のことが起こった。惑星がふくらみ出した。各次元が増大し始めた。最初は目につかぬほどひそやかに、それから次第にはっきりと。成長は静かで、何の衝撃もなく、地殻の陥没も火山の噴火もなく、大陸移動も地震も起こらず、新しい山脈も形成されなかった。諸大陸の構造は以前と変わらないので、もし天文学者が本当に惑星の大きさが恒星系の大きさとの比較で変わったことを明確に証明しなかったら、人類の身長が変わって、何分の一かに小さくなったと思われたにちがいない。

困難な使命がゲオポリス人を待っていた。惑星と一緒にすべての建築が巨大化した都市を新しい構造(たしかに昔の寸法に比べればミニチュアだが)に合わせなくてはならない。それはこの巨人の世界にもう一度人間の寸法を導入することである。巨大な先住民がどこかへ去ったような異様な惑星で、文明がゼロからまた始まった。と言うか、ほとんどゼロから……。一夜にしてこびとの暮らしに変えることによってゲオポリス人種を救った震駭《しんがい》すべき現象を説明することに、その後、成功した者はいない。

ダヴァ　DAVA
——山塞市

さあ、頂上だ！　三人の登山者は言葉もなく抱き合った。その上を、強烈に青い空を、例のあの鷲が翼を動かさずに滑っていた。巨大な、誇らかな、冷然たる鷲だった。不安と少々の羨望をこめて、改めてもう一度それを眺めた。それから、鳥の高尚な哲学について思いめぐらしながら、三人はそれぞれ代表する国の旗を拡げにかかった。高峰の風を受けて翻る絹のひだのはためきを聞いてから、ようやくほっとしてあたりを見回した。それは人間の目の前に初めて展開する壮麗極まる眺めだった。近づきようもないと考えられた南斜面は、脆《もろ》いぎざぎざの尾根で次の峰へと続く。それはどんな地図にも出ていない未知峰だった。

しかし、山男としての素晴らしい達成に加えて、驚異の地理的発見という、その喜び以上に異様な電撃的な戦慄をひきおこしたのは、その未知の峰の震駭すべき山容だった。自分たちが足を印したピークよりも少し低いけれども、遙かに峻険に見える第二峰は、上半部が巨大な堡塁の形をして、岩に刻まれた城壁、塔、銃眼を戴いていたのだ。単なる自然の気まぐれか、果てしなき偶然の目覚ましいいたずらの結果か？　信じがたい。双眼鏡で調べるほどに、要塞はいよいよ疑う余地なくはっきりした線、鋭い稜角《りょうかく》、大きな平らな面、整った形、幾何学的なボリュームを露わにした。すべてが、人間の手になる壮大な作品を目の前にしているのだという仮説を支持するばかりだった。だが誰が、何のつもりで、そもそもどんな道具を使って、山岳の固い岩塊に、今まで全世界に知られていないこの難攻不落の山塞を刻み込んだのか？

かつて夢見ることもできなかったほどすばらしい新しい冒険の魅力が三人の不敵な探検者の心を捉えた。しかしチームのリーダーは山行《さんこう》を続ける案を退けた。自分でもそうしたいのは山々だったけれど。使命は果たした。帰路にも危険はあるし、一番近いデポまで降《くだ》るにも数日かかる。新しい予想外の危険に対する準備はない。もっと多人数のパーティーと適切な装備を整えて戻って来よう。

リーダーの言ったことは全て筋が通っていた。ただ、興奮して山頂のせまい丘を歩き回っているうちに、アルピニストたちは新しい発見をした。自分らが最初ではないぞ！　確かに、先着パーティーの立てた旗は、この高所に吹きすさぶ嵐に飛ばされてしまった。しかし少なくとも以前にそこを通ったあとで遭難したと思われる四つのパーティーのはっきりした印が一つまた一つと見つかった。岩にひっかかったステンレススチールのプレート二枚、台形のコンテナー一つ、メッセージと遠征隊員の名を密封した円筒一本。一瞬の幻滅にすぐ続いて熱狂が爆発した。今こそはっきりした。自分たちの登高の唯一の意味は、あの要塞峰の登攀《とうはん》にこそあるはずだ。南の方に浮かぶその誘惑的なシルエットまで、多く見て一日の行程だ。決定。もう一秒も無駄にできなかった。日暮れに着いた鞍部《あんぶ》から鋸歯《きょし》状のナイフリッジが始まる。それは燧石《ひうちいし》の城のために跳ね橋の役割をしていた。ザイルで固定したシュラーフザックにもぐって夜を明かした。ここでテントを張ることは論外だった。

本物の試練は明け方のナイフリッジ越えから始まった。その刃がひどく狭く急峻なので、しばしばまたがって四つん這いになるしかなかった。慎重に、少しずつ、一〇〇〇メートル以上の絶壁の上を這い進んだ。何度か、隊員の一人が落ちかけたが、その度に他の二人がなんとか救った。黄昏に、指は血だらけ、服はすり切れた三人のアルピニストが最悪の橋を渡り終えたときは、ほとんど体力の限界だった。

なお要塞のモニュメンタルな入り口を隔てる数十段を、彼らは超人的な努力で登った。門は開いていた。

間近で見ると、幻想的な都は本当にあらゆる想像を絶した。岩を切り取った壁面は完璧に磨かれ、要塞全体が不思議な方法で山岳から産みだされたように見え、山と一枚岩になっていた。それはそもそも建築物ではなかった、石のブロックの積み重ねではなく、一個の巨大な彫刻だった。壮大なスケールで展開する高級な几帳面《きちようめん》な立体作品だった。いささかの疑問の余地もない。自然にはこのような仕業はできない。それは確かであるにしても、だからと言って作者の見当がつくわけではなかった。それは何者だったのか？　城内にはだれが住んでいるのか、あるいは住んでいたのか？　どんなおそろしい必要があってこれほどの奇跡を成し遂げたのか、そうしてどんな魔法の知恵が不可能の国からその奇跡をこの不可能の高みの孤絶の峰におろしたのか？

疲れ果てて、何が起ころうと構うものかと、探検者たちは要塞の閾《しきい》を越えた。通りに人影はなく、両側の思いもかけぬ形をした建物にもだれも住んでいないようだ。いつのまにか疲れは消え、募る一方の好奇心に突き動かされて進む。おずおずとくぐり抜ける構築物がただ石ばかり、ひたすらモノクロームなことが、特異な印象を呼び起こした。信じがたい話だが、やっぱり……。歩道、屋根、塔、バットレス、全てが宝石職人の辛抱強さで磨き出された同じ一つの岩の切削面なのではないか。

幻想的な街の人気のなさが彼らをさらに啞然とさせるのだった。

突然羽ばたきのような微かな音が注意を惹いた。街の中心部から響いてくるらしい。脚を速めた。都心に近づくにつれて街路は広くなり、建物はさらに圧倒的になった。羽音は弱いリズムを伴っていくらか聴き取りやすくなった。リズムが強まった。それにつれて力が戻ってくる。今は小走りになり、路傍《ろぼう》の素晴らしい寺院や宮殿には目もくれずに通り過ぎていた。抵抗できない磁力のような、急激に強まって行くリズミカルな音に操られて、探検者たちは見えない標的目指して疾走していた。走路のゴールには最後の発見が彼らを待ち受けていた。

大きな広場の中央、高くしつらえた舞台の上で、数百人の男が異様なダンスを踊っている。ぴったり揃ったステップの耳を聾《ろう》する響きが、三人を広場まで導いて来たあの音の源だった。何を考えるひまもなく、三人は荷物を放りだして踊り手に加わった。踊り手の中には、彼らより先に登頂し、彼らがその印を昨日発見した遠征隊の行方不明メンバーの顔があった。ほかにも、何年も前にアルプスやアンデスやパミール、ヒマラヤ、アフリカのサバンナ、アマゾンのジャングル、オーストラリアの沙漠、南極の氷原で消息を絶った探検家たちの姿を認めた。船乗り、飛行機乗り、深い海の底や大地の腸を探った果敢なパイオニア、また宇宙進出叙事詩の初期の英雄たちを認めた。そうして、ダンスの盛り上がる間じゅう、この広場へあらゆる場所からの新しい客の到着が続く様子が見えた。

ダンスの魔力に酔いしれて、他人の詮索はやめた。腕を振り上げ、それぞれが運命のステップを踏むうちに、四肢がどんどん軽くなるのを感じていた。苦痛に満ちた幸福感が心にあふれた、このダンスが自分を取り返しのつかない孤独へ沈めることが誰にも分かっていたから。腕が巨大な翼になり、体が羽毛に覆われ、先端に鋼の爪をもつ足が舞台を離れた時、一人また一人、誇り高く天頂へ向けて飛び立った。せめて一目、愛《いと》しい者らを見るだけでも、とつとめながら。二度と戻れぬ頂きまで人の知識を引き上げたのも愛しい者らのためだった。言いたいことが山ほどあるのだぞ！　けれども鉤形に曲がった嘴《くちばし》から辛《かろ》うじて出る叫びは、谺《こだま》も返さぬ谷へ空しく消えて行った。

オリュンピア　Olympia*

「あなたたちはわれわれの創造物だ！　われわれなしではあなたたちは存在しなかったのだ」と、ギリシャ人たちは青空を支えて煌めく彫像の立ち並ぶ間を押し合いへし合いしながら叫んだ。

一番激昂しているフィディアスは両腕を高く振り回した。

「この腕でおれがあんたらを彫ったのだ、このたこだらけの指であんたらの目をパロスとペンテリクムの大理石から彫り出したのだぞ！」

＊〔原注〕四年ごとに体操競技が行われたことと、当時七不思議の一つとされていたフィディアスの黄金と象牙のゼウス像とで有名な、ギリシャの古代都市オリュンピアと混同しないように。

「そうだ」と群衆は声を揃えた。

ここオリュンポスの麓《ふもと》に古代ギリシャの有名な顔ぶれがひとり残らず集まっていた。微笑を浮かべた冷ややかな神々は不逞《ふてい》な蜂起者どもの高慢にまったく関心がないようだった。身じろぎもしない無数の白い作品は無辺際な宇宙神殿の巨大な列柱のように見えた。

「間違っているのではないかなあ」とプラトンは胸の中で思いめぐらした。「これらの彫像は、たしかにわれわれの作品、フィディアスや、プラクシテレスや、スコーパスなどの創造物だろう。しかしそれは真の不死の神々の気の抜けたコピーに過ぎぬ、影に過ぎぬ。その姿だけがわれわれに不死という観念を持たせるのだ」

だが、暴発した群衆を怖れてこの知者もみんなと怒号の声を揃えているのだった。

「おれはいつでもあんたらを叩き壊せる、おれがあんたらに生命を入れたのだからな、そうして生命を取りたいときにはいつでも取るぞ」とフィディアスは挑発を続け、群衆は喝采した。

山頂は霧が巻いていた。山の方から微風が吹いてきた。人々は近づく嵐の最初の予兆に気づかなかった。

「間違っているのではないかなあ」とアリストテレスは胸の中で思いめぐらした。

「永遠の都市のこの柱の列は、たぶん、まさに神々で、それらを創造したのはわれわれではない。しかしわれわれの歴史全体は、神々の始まりも終わりもない生命の中の一瞬に過ぎず、彼らの創造物がわれわれに不動とみえるのは当然だ」

「われわれはペルシャ人だって打ち負かした」とペリクレスが叫んだ。「いま一体、われわれの神々を、われわれ自身の神々を、恐れる必要がどこにある？」

数百人の戦争好きが喝采した。

「たたき壊そう」とフィディアスは怒号して、一人の兵士の手から槍を引き抜いた。日の光がかげった。黒雲が都市の白いドームを取り巻いて、暗くなった。神々の額は靄に隠れた。

「おれたちを甘く見てるぞ」と、みんな夢中になって吠え立てた。

群衆は嵐の脅しにたじろぐどころか、ますますいきり立った。槍や刀や斧や鉄棒を取って、その踝《くるぶし》にも手の届かない彫像に襲いかかった。まさにその瞬間に、襲撃者たちはきちがいじみた破壊欲の攻撃姿勢のまま固まった。しばらくの間、そうやって神々と同じように微動だにせず、白くなっていた。

そのあと、ゼウス神の振り上げた拳から稲妻《いなづま》が発し、全天が土砂《どしゃ》降りになった。

次第次第に、固まっている人々の体は豪雨に削られて細くなった。激流は頭を、肩を洗い、もろい密集隊形を解き散らした。武器は手からがらがらと落ちた。ほどなく、群衆は夢のように消えた。彼らの体の大理石のような白さは、塩の固まりの見せかけの儚《はかな》い白さだった。

雨が止み、青空が地平線まで拡がったとき、神々の白い大理石の像の間に残っていたのは塩水のたまった桶《おけ》が一つだけ、中には消えた蠟燭の残りが一本浮いていた。

ハットゥシャシュ　HATTUŞAŞ*

——世界遺産市

デラポルトは黙々《もくもく》と考古学者たちのテントに戻って来た。壁を三周したのだが、門は一つも見つからなかった。どっしりした塔をめぐらして、何の奇跡か、絶壁の丘の稜線上に乗っかった要塞はどうみても進入不可能だった。高さ三〇メートルの安山岩の壁によじ登る手がかりはなく、そもそもその付け根まででも十分な訓練を経たアルピニストでなければ近寄れるものではなかった。デラポルトは輪にしたザイルを別の肩に掛け替えた。スチールのリングが触れあってからからと陽気な音を立てた。腫れ上がった手のひらを眺めた。右手の指が二本ひりひり痛んだ。数歩後

＊　歴史上のハットゥシャシュはトルコ中部にある紀元前一八世紀のヒッタイト王国の首都。一九八六年ユネスコの世界遺産に登録。

ろからアリク、アクンハル、ボズクルトがついてくる。探検に同行してきた仲間だ。

考古学者たちはテクシア・ジュニアのテントの前に集まって待っていた。デラポルトは遠くからそれを見たが、何の合図も出さなかった。

「決まりだな」とローゼンクランツが、いつものようにチューインガムを嚙みながら、言った。

「そうだな」とカーンとバルカンが異口同音《いくどうおん》。

セラムは小パーティーが着くまで発言を控えた。そもそも、即席登山隊の疲れ切った顔で一切の希望は空しいことが読めた。一同はさあ何と言うかと取り囲んだ。デラポルトがさっぱりおもしろくもなさそうな顔つきで冗談を言う。

「テクシアは入り口のない町を発見して、そのシルエットを楽しめとわれわれをここに呼んだのさ」

「要するに」ボズクルトが力をこめた。「ぼくらは何もしなかったんだ」

「何一つ?」

「何も」とアリクが苦々しく答えた。

沈黙が落ちた。テクシアは説明しなくてはならぬと感じた。

「入り口がないのは私の罪ではない。このことで、諸公も認めざるを得まい、私の発見はいよいよ目覚ましいものになる。これは、突然、今日まで完全に手つかずの三〇〇〇年前の都市にぶつかったということなのだ」

「大いに結構、でもどうしよう?」

そのあと議論が長く続いた。フォレルは岩山にトンネルを掘ろうと提案した。都市の真ん中に出るように。ラロッシュは強硬に反対して、壁の一部をダイナマイトで崩す方がずっと経済的だと主張した。メッサーシュミットは爆弾を落とそう、ヘリコプターを使ったらと示唆《しさ》した。モールトガットが断乎反対した。

「そんな案には死んでも賛成できん! 何の破壊も受けずに三〇〇〇年生き延びた都市の発見という、またとないチャンスなのに、それを破壊すると言うのか、考古学者のわれわれが⁉ つまりなにか、われわれは廃墟しか相手にできないのか?」

デラポルトはここが口を挟むところだと判断した。

「住民ともめるかもしれない、モールトガットはもっともだ」

「どこの住民?」とホガースが飛びついた。

「都市は人が住んでいる」とボズクルトが説明した。

「ぼくらが丘を登っているとき話し声が聞こえた」とアクルガルが言い添えた。

「大きな、よく通る声だったよ」

「それをなんでいまごろ言うんだ！」とフロズニー**が文句を言った。彼はここ数週間、壁の特徴から出発して、要塞の建造者の言葉を推定しようと苦心してきたのである。「何と言っていたかね？」

「覚えられたのは二つの単語だけ、何度も出てきたよ、múrsilis と hántilis」

フロズニーは凍り付いた。

「想像がぴったり当たった」と口の中で。「行こう、メッセージを送れないか、試せそうだ！」

考古学者たちは丘へ向かって突進した。テクシアが年に似合わず呆れるほど敏《びん》捷《しょう》に、先頭に立った。数歩おくれてポラーダとコシャーケルが続いた。それからほとんどの探検隊員、行列の尻尾についたのは、疲れ切ってキャンプに合流したばかりの四人。突然のあやしい熱狂の中で、大勢が同時にしゃべっていた。

「まだほかにトロイの馬という手があるな」とローゼンクランツは言った。

「メッセージだ！」と興奮し切ったフロズニーが怒鳴った。大急ぎで駆けだしたのだが、なんとかグラモホンのラッパだけは持って来た。

「múrsilis」と繰り返しているのはデラポルト。

「静かに！」と丘の麓についたときテクシアが命じた。

ざわめきが静まってから、フロズニーはグラモホンのラッパを口に当てがって、力いっぱいに怒鳴った。

「Sullát, sullatár, sullamí, salatiwár!」

即座に、壁の向こう側から、大勢の揃った声が答えた。

「Labárna hastáya, tabárna asharpáia!」

「これはなんだい、一体全体?」セラムがぷりぷりした。

テクシアが黙れと目配せした。フロズニーは合点が行かず首をすくめた。これは全然理解できないという意味だ。

「Mitánni! Mitánni!」と彼はほとんど諦めながらラッパで叫んだ。共通言語を捜す最後の空しい試みだった。

相手は応答しない。要塞の灰色の壁の敵意に満ちた完璧な沈黙の数分間。それから、出し抜けに、丘の両端から、小さな馬に引かせた戦車に乗ってヒッタイトの戦士が出現した。今にも引き絞らんばかりの弓、かざすのは青銅の斧。木製の大きな車輪の発する耳を聾する轟音が、くつわの音や長髪の戦士らの蛮声にかぶさった。

＊＊　実在のフロズニー（一八七九―一九五二）はヒッタイト語を解読したチェコ人学者。

考古学者たちは必殺の待ち伏せを受けたのだ。どんな抵抗も問題になるまい。

　突然、戦車の群れが止まった。

「Hattili supiluliúma」右翼の一人の戦士が取り引きの調子の声をかけた。

「答えるな」とモールトガットがフロズニーに呼びかけた。「挑発かもしれん！」

「Assúwa samúha tawanánna」と戦士はたたみかけた。

「Karkemiş gasgás datássa」と左翼の一人が声を添えた。

　要塞から姿の見えないコーラスが響いた。

「Ziúla, zálpa huwarúwas! Ziúla, zálpa huwarúwas!」

　戦士らはいきり立った。

「Hattuşil gurgúm kumúhu, telipínu putuhépa!」

「Hánis kánes pihassássis, hátti hálys muwatállis!」

「Arnuwándas kizzuwátna, pentipsáni purushánda, pámba pála tapassánda!」

　最初に倒れたのはフロズニーだった。この語彙《ごい》の雪崩《なだれ》に心臓が抵抗できなかったのだ。ヒッタイトは矢を放った。斧が真っ直ぐ振り下ろされた。数人の考古学者が真っ向から割られて倒れた。隊長が手を上げた。攻撃が止んだ。

「Vous avez voulu voir Hattuşaş」と隊長が教科書的な発音のフランス語で言った。

「Hé bien, vous allez être exaucés!」（お前たちはハットゥシャシュを見ようとした。さあ、望みを叶えてやる！）

恐怖で言葉を失ったわずかな生き残りの考古学者を戦士らが縛り上げた。死体は戦車に放り込んだ。悲惨に呻いていた瀕死のデラポルトを槍が貫いた。その同じ瞬間、丘の付け根の岩の間に、不吉な軋み音とともに、一つの門が開いた。数分の間に、ヒッタイトたちは、馬、戦車、捕虜とともに、トンネルの黒い口に消えて、門はすぐに閉じ、あとは小揺るぎもしない岩に戻った。さらに数分後、事件のあらゆる痕跡は消滅した。それから、城壁は音もなく、夢のように、崩れ去った。

その後、テクシア・ジュニア考古学探検チームの高名な学者たちを見たものはいない。ただしばらくの間、無人のキャンプが、物言わぬ証人として、彼らの悲劇的な最後を世間に思い出させていた。それから、風と雨と現地民の好奇心がキャンプを荒らし、テントは一つまた一つ、色とりどりの砂の中に消えていった。

セレニア SELENIA
——月の都

彼らは最初の月面都市の基礎を据える場所を捜していた。極度に激しい起伏だけでも、使命は十分に難しかっただろう。だが困難をさらに大きくしていたのは、このテラの衛星の土壌《どじょう》が先行の多数の訪問者の残した痕跡でいっぱいだという事実だった。すぐ考えられそうな(もちろん、訳の分かっていない連中だけの考えで)空き缶や割れた瓶や紙切れやタバコの吸殻《すいがら》と空き箱などのことではなかった。好《い》い加減に捨てられた何か他の類の包装紙や、嚙みつぶしたヒマワリの種子やピーナッツの殻のことでも、電車やメトロや宇宙船の切符のことでもなかった。そういうものがあるのは地球だけだ。地球では、およそふさわしくない場所、ありそうもない場所に、げんなりするばかりのふしだらの結実が見つかる、稜線や、氷河のクレバスや、山の谷間を流れる谷川の岸、泉のほとり、森の奥、高山植物の花々の間などに……。いいや、月に積もっている痕跡は違う、そういう物質的廃棄物ではなかった。月はもっとデリケートな——でも比較を絶するほど有毒な——全く違う性質の汚染にさらされていた。

この魅惑に満ちた天体にふさわしい形でここに足跡を印した者たち（シラノ・ド・ベルジュラックやほら吹き男爵ミュンヒハウゼンから二〇世紀の月探査者たちまで）ばかりでなく、およそ月を描写した者、月を歌った者、月を夢見た者、あるいは月をただ眺めただけの者たち（各時代にわたる月狂いのことは言うまでもなく）のすべてが、そうしてこの夜間の光輝に敬虔にぬかづき神格化して、その周囲に絶妙な神話を張りめぐらした者たちが、彼らのすべてが、そうとは知らずにこの不可逆的な汚染にかかわっていた。確かに、短期間の滞在ならごくわずかな影響しか受けないが、長期となると、そうして当時あれほどしばしば語られた都市ネットワーク建設を想定しての定住となれば一層のことだが、汚染想定地域に住むことはとんでもない話だった。事実、調査が進むにつれて、地球文明の黎明《れいめい》期以来休みなく継続し、着実に展開されてきた高度な精神的汚染のプロセスが確証された。しかしその無重力攻撃の効果は全く無視されてきた。それに対して月の存立を防御する法令は何一つなかったのである。

少なくとも地球から見える側の月面図上には守るべき「自然保留地」を見つけることが難しいという事実が確認された。すべてが幻影に、幽霊に、瞑想と感傷に、断片的な観念とエクスクラメーションマークに汚染されていた。そこに来たものにとっては、数千年間虚無の巷《ちまた》をさまよった異様な意識から生み出される正真正銘の迷宮の中で思考の糸をたどることは、本当の苦役であった。だからお分かりであろう、セレニアという壮麗な名を名乗るべき最初の月面都市の基礎を据えるという使命がどれほど難しいか。当然のこと、間もなく探査隊は調査の手を向こう側に、月の見えない面へ拡げる決定を下した。もちろん、計画中の都市の未来の住民にとって地球にいる者との連絡は難しくなるだろうが、向こう側の方が精神的環境はよりきれいだろうという、まあまあもっともな希望があった。

この推論に欠陥はなさそうに見えた。ところが、ありとあらゆる隘路《あいろ》を越え、筆舌に尽くせぬ危険を突破して、向こう側に出てから確認したのは、呆れたことに、事態はさっぱりよくなかった。逆に、攻撃はますます凶暴になり、混迷を呼ぶ異様な諸観念の潮流がますます激しく打ち寄せるように見えた。だが隊員たちが一番途方に暮れたのは、それらの観念の奇妙さであり、とりわけ、その奇妙さを正確に定義できず、その性質がつかめず、どうにも説明しようがないという事実であった。

しばらく研究するうちに、隊員にもいくつか一般的な特徴が見え始めた。例えば、ここには神秘的観念とか詩的な想いはごく希で、ほとんど存在しないと言ってよく、一方、科学的推論や、実用的なアイデアや、行動への呼びかけなどがごまんとあるのだった。言うなれば、月は吸収ディスクとして作用していた。紙フィルターのように――ただし選択的な紙フィルター。一方の面から他の面へ特定の発散だけを通し、それ以外は全部止めるのだ。この奇妙な浸透の透過性が時間的に、しかも対数曲線で増大するかのように、最新のデータを選んで通している。ただ、こうした浸透の論理的帰結からすれば、地球に向いた面では、現代的諸観念の濃度はごく低くてその他のものの方が優越するはずであるが、そうなってもいないようなのだ。

謎の解明のための奮闘も無駄だった。極度に神経を消費してその存在を記録したたくさんの思考が、隊員たちには近寄りがたく、その意味が解読されないままだという事実に彼らはむしゃくしゃした。この事実の確認そのものからある仮説が生まれ、それが結局、何の証明もないままに、大勢の賛同を得た。その仮説に従えば、見える側の月面の汚染はこの夜間天体が地球人の関心範囲にあるからなのに対して、他の面への侵入は地球外文明の方向から来ていた（それは明らかに、われわれの衛星の存在を知覚できるほどの発達段階に達した文明のはずである)。そのような文明からの影響は、確かに、いつも地球が隠している面の側では、ごく小さいわけだ。

　説明はどうあれ、月の両面ともに汚染していることはあらがいがたい事実だった。その結果、適切な療法が発見されるまでの間、地球人は月面植民計画を諦めて(すでに現段階でその計画は地球外に居住世界を求める意図や計算と矛盾するように見えていた)、短期間の探査にとどめることにした。だから少なくとも外見上は、月の都セレニアは建設されず仕舞いだった。事実上、セレニアは月面全部をカバーしており、太古から居住されていたのである。

アンタール ANTAR

——南極市

その都市は氷で建設されていた。硬い、透明そのものの、南極の氷のブロックである。都市はその南極の地にあり、名称も Antarctic の短縮形である。『プチ・ラルース』（一九六八年版）には、この地球最南端の都市についての記述は一切なく、その代わりに、一一二三ページ第三段に「アンタールあるいはアンターラ、六世紀のアラブの戦士、詩人。叙事詩『アンタールの物語』の主人公」なる項目があることに、戸惑ってはいけない。名称の一致は全くの偶然である。この権威ある百科的辞書が最近の版に至るまで一貫してアンタール市の存在を無視しているのは、怪しからぬ態度であるにせよ、理由の説明はつく。極度に生命の短かった都市は、もともと歴史編纂には向かなかったからだ。ところで以下の記述は『プチ・ラルース』

による不当な扱いから名誉回復をしようとの試みにほかならない（もっとずっと公平の精神に貫かれた他の百科事典は、不確かな〈アラブの戦士、詩人……〉の方も無視している）。

アンタール市民の揺るがぬ誇りの根拠の一つは、町の存在した全期間を通じて、太陽が一度も水平線より上に上がらなかったことだ。それに、言って置かねばならないが、この実直な人々は、高慢になってもいい理由は十分あるのに、そうなるどころか、これ以上はないほど謙虚《けんきょ》であった、人付き合いこそよくないけれど。そのために、明白な冷たさ、儀礼好き、距離を置く態度、そうして常に瞑想に耽っていることのために、彼らは一度ならず、傲慢だ、人間嫌いだと疑われていた。それが早とちりであり、不当な決めつけだということは、これからの話で分かるだろう。確かなのは、南のオーロラと星明かりと黄道十二宮の光を別にすれば、アンタール市は暗闇の中で、終わりなき夜（始まりすらないという人もいる）の中で生きていたということだ。

こうした状況だから、居住者の奇妙きわまる特性、つまり体の全ての表面から淡く、青白く、街路も室内も照明が要らないほどに強い光を発するという特性が、市当局にとってどれほど好都合か、とりわけどれほど目を惹くか、容易に理解できる。

不明な理由から外来者を入れないので、厳密に市民だけのものだけれど、その光景はさながら仙境だったろう。燐光《りんこう》をまとう体の行列が半透明の街路や壁の間を行き来するさまは、レンブラントからデ・キリコに至る光の詩人たちの筆にふさわしかったであろう。

確実なところ、アンタールの生活は、持ち前のゆっくりしたリズムで、いずれ採否決定の閾《いき》を越えて、地図や地理の教科書や、最終的には歴史論文や百科事典に新しい名を取り上げさせる大きなチャンスがあった。ただ残念なことに、運命の非情がまもなくこのチャンスをゼロにした。そうして、早すぎる消滅の種子をこの地方に振りまいた風は、まさにこの都市の高まり行く評判そのもの、神秘と自己隔離の後光、その名前をめぐる伝説の始まりそのものだった。

ジョーは普通の意味の職業を持っていなかった。一日じゅう――とりわけ一晩じゅう（人知れず夜間演奏の趣味を育《はぐく》んで）――やっていることと言えば、ピンと張ったタムタムの皮を叩く技術（手の平で、指で、拳で、肘で、膝で、額で、さらには顎で）の仕上げばかりだった。まわりの人々が彼の日常生活の雑事を片付けてくれていることにも、その人たちに彼の精進の成果が気に入るか入らないかも、まるで気にしたことがない。ジョーはただ他のことができないという単純な理由でタムタムを叩いているのだった。ジョーがアンタール市に潜り込むという、ほとほと呆れるパフォーマンスにどうやって成功したのか、確かなことは分からない。あのジョー、自分の楽器にしか興味がなく、音の出る皮を叩くよりほかの仕事をやり遂げようと努めたことなどかつてないあの男が。問題の都市のことをどうやって聞いたのか、どんな奇跡でそこへたどり着いたかも、的確には述べられない。間違いなく言えるのはただ一つ、到着すると、一心不乱に以前のタムタムとの取り組みを再開したという事実だけである。

その効果は前代未聞だった。当局が目を覚ますまで、遂に闖入者を追放するまで、取られたあらゆる措置はあまりにも遅すぎた。事実、連鎖反応のように拡がった影響は、当初はかなり把握しにくく、まさにそのことがこの町の運命を封印したのだった。

タムタムが聞こえると（その演奏にジョーが誰よりも巧みだったことは認めねばならない）、アンタール人はちょっと早めに動くようになったが、それだけのことだった。このごくごく控えめな加速は、しかしながら、ただではすまなかった。今もまわりで起こることに前と同じく無関心で、ひたすら悪魔のリズムを宙空に打ち出している黒人に、誰一人注意を払わなかった。けれども、まるで憑かれたように、みんなますます早く動くようになった。加速が続くにつれて、体表面の発光が強くなり、色合いがオレンジから赤に近づいた。通行人は歩く松明に似てきた。そうして、驚きそのもの、都市が溶け始め、それは大変な速度で、たちまちのうちに町は跡形もなくなった。そのとき大勢のアンタール人は——頭上は露天、足の下は溶け続け——流浪の旅に出た。爆発的な燃焼で源が涸れたのか、彼らは固有の発光性を失った。

噂では、どうして南極の都市に腰を据える気になったのかと聞かれて、ジョーはあっさり答えたそうだ。

「あそこの人はタムタムを聞いたことがないという話だったからさ！」

しかし、ジョーのすぐれた伝記作者の中でも最もすぐれた一人は、彼をアンタールに招いたのは、不断の夜という抵抗しがたい誘惑だったという見解に傾いている。

アトランティス　ATLANTIS

華やかなレセプションは隅々まで細かく整っていた。今にも救済者たちがみんなの前に現れるだろう。それが誰なのか、どんな姿で現れるはずなのか、誰一人正確に知らなかったことは確かだ。しかし、現れれば即座にそれと分かるはずだということを誰も疑わなかった。神秘的な訪問者が何に乗って来るか、どの方角から到着するか、アトランティス人の聖典にそれが書かれるのは未来（いつになるかだれにもわからない）のことだ。

大きな都市の呼吸の全てがＺ時前後に大きな中央広場《アゴラ》に集まっていた。巨大な日時計の白い表面を帆柱の影がゆっくりと動いていた。それが赤い筋に近づくのを、みんな声もなく、興奮を抑え切れずに、見守っていた。それは劇的な終末のサインとなるはずだ。もちろん、ここにいるもの誰一人としてそれを疑うことはあり得なかった。それでも、妙な予感めいたものを、わけの分からぬ怖れを覚えていた。それがこの荘厳な瞬間の神秘的な戦慄を高めていた。

都市はからっぽだった。街路も広場も——集合場所以外——はたと、ざわめきをひそめて、この地にやがて確立する沈黙の千年王国を数時間先取りしていた。死火山の固化した溶岩に形を留める同心円状の要塞は（それがこの豪奢《ごうしゃ》壮麗な都城の不可侵無敵の名声を遠方まで轟かせていたのだが）地球によるまさかの攻撃に立ち向かう用意をしてはいなかった。あらゆる想像を絶する財宝を秘めた宮殿は、羨望の眼から決定的に隠れようとしていたのだ。

大理石の文字盤の朱の筋が、不吉に、かげった。その瞬間に都市は巨大な力の打撃のショックで土台から揺るいだ。地球全体が震え、地殻が脆いかさぶたのように裂けて、光輝あるアトランティス市は、帝国全部の運命とともに、荘厳に深みへ沈み始めた。

全面的なパニックのさなかではあるが、また衣装のファッションは同じだったけれども、訪問客は一目でそれと分かった。それはある時空旅行会の参加者一行で、科学的研究のために（それと、これは認めるべきだが、同じ程度にジャーナリステイックな理由で）、彼らの調べた資料によれば地学的原因によるアトランティス滅亡の現場に立ち会ってやろうと計画し、ちょうど間に合うように到着した。しかし、壮麗な時間旅行船は故障していたのである。そうして今、すぐに新しい遠征隊が救援に来るはずもなかった。先史時代の野蛮な英雄たちの間に残され、大異変の脅威の進行を目の前にして、同時代人からは多分永遠に切り離された一行の状況は、愉快というにはほど遠いようだった。

それでも気丈に、役に立つ知識と文化の全てを投じて、出来事のこの後の進行（大筋では承知していることだったが）における唯一可能な使命、救済者という使命を果たすべく奮い立った。

「港へ！」と彼らに命令されたアトランティス人たちは文句を言わず従った。「食料以外は持つな、食料を持てるだけ持て！　救いは海にある……」

崩れる大陸をあとに船出した。その廃墟の上に大西洋が生まれていった。沢山のガレー船が無慈悲な波にあおられて沈んだ。この災厄を逃れた一人の生命は数十人の犠牲であがなわれたことになる。生き延びたものは世界に拡がり、神聖化された救済者たちの助言に従って、いくつかの文明を築き、それが長い間最初の文明と見なされることになるのだった。

最初の過去への遠征隊員を回収するために数々の試みがなされた。だが彼らのうち難破せずに大航海を乗り切った者たちの中で、神聖な王の身分を諦めて、あるいは進化の使徒の使命を捨てて、われわれの所へ帰る気になった者は一人もいなかった。今日もなお答えのないままになっている問題は、時間旅行船が壊れたのは地学的破局のためなのか、それとも、逆に時間旅行船の推進系統に発生した故障こそが破局を引き起こしたのかという疑問だ。そうして論議から完全には排除できないのが、故障は探検隊員たち自身によって、熟慮のあげくに作り出されたという可能性であるが……。

クアンタ・カー　QUANTA KA
——K量子市

その現象は北半球に位置するほとんどの天文台で記録されていた。北極星の方向に強力な発信源が現れたが、それは既知の放射ではなかった。可視光ではないが、写真乾板に感じた。音波ではないが、あらゆるラジオで音として聞こえた。電磁気の性質はないのに、どの周波数域でもチェックされた。だが一番仰天した特徴は、空間を移動する速度が、どう見ても、そうして物理学者は衝撃を受けたが、光速を超えていることだった。

まもなく宇宙物理学者らはこの異常な放射が均質ではなく、放出され方が定常でないことを確認した。一連の変動がすべての波長にわたって電磁気スペクトルに記録されていた。完全に同一の波形変調がリズミカルに繰り返される。一億分の一秒レベルで展開するこの一連の変動は、最初の発見者の頭文字にちなんでK量子と命名された。

数週間後、放射は出現した時と同じように突然停止した。長い間K量子は全世界の学者の研究対象だった。しかし研究の成果が何一つ出なかったので、科学者の世界に爆発した熱気は次第に冷めて、ついにはすっかり消えた。わずかに数人のマニアが、大勢のあざけりを怖れてどちらかと言えばこっそりと、K量子現象の研究を続けていた。やがてそのマニアらも諦めた。

だがある日のこと、謎の量子は別の文明が宇宙に託した信号ではないかというアイデアが、ある青年の頭に浮かんだ。彼は仮想のメッセージの解読に没頭し、世間から隔離された研究室に二〇年以上閉じこもった。道を切り開く者にふさわしい情熱で、そこに彼の研究対象に関連するありとあらゆる資料を集めた。強力な放射線望遠鏡を始め最高品質の機材を備えて、ほぼ半世紀前に発信源があった天球の当該セクターを常時精密な観測下に置ける専用の天文台を設置した。調査は相当遠くまで進んで、正しい道を進んでいると確信していた。最初に想定したとおり、まさにメッセージの問題であるという、疑う余地のない論拠を見出した。しかしメッセージのキーが解明できないままなので、解読は事実上最初の日から一ミリも進まなかったのだ。彼の捜索途上の最大の主要な障碍は、手元に現象の記述しかないという事実によることは間違いなかった。記録を作ったシステムが目的に特化していなかった。発信の性質そのものと合わないので、交信しようとしても、相手は真のメッセージの影でしかない。彼の成功の唯一のチャンスは発信がくりかえされることにあった。だからその場合にK量子群とじかに接触し、それに関する直接の研究を担保できるように全ての努力を集中した。当初の発見者たちよりも有利な点は、より進化した機材設備だけではなく、全く違う進化した研究方針にあった。現在なんらかの信号があるという確信、それは先人たちの視野には全く入っていなかったのだ。

待っていた。もちろん、ずっと前からもう若くはなかったけれど、まだ精力横溢《おういつ》、何年でも待てた。ともかく、待つこと以外の可能性と言えば、諦めることだけ。だが諦めるなどという考えはまるでなかった！　毎日機器を点検し、あれこれ改良し、メッセージがまた来ると信じて、毎夜北極星を調べた。ついに驚異が起こった、本当に！　それを知った時から、あらゆる仕事を放擲《ほうてき》して、ほとんど眠らずに、日夜発信を追った。

研究室の中に彼はいた。あれほど執拗に構想し、計画し、建設した器具、装置の錯綜した設備の焦点にいた。ぎりぎりまで注意を張り詰めて、辛うじて興奮をおさえながら、丹念にエネルギーの潮汐《ちょうせき》を探った。その隠された意味を捜し求めて来て今まで成果がなかったのだ。

突然、雷に打たれたような感じがあった。そうして最後に録画した映像は、目の前に設置してある巨大な電子クロノメーターの映像だった。

気がつくと知らない町で、それまで見たこともないような建築物の間に浮かんでいた。空は紫色で、光は強烈だったが、昼の星はどこにも見えなかった。視線を感じたが、周囲にはだれも見えず、建物の壁は不透明だった。おそらく、と彼は自答した、彼の視線が透視できないだけで、光線を一方向にだけ通しているのだろう。あるいは、彼が感じていたのは周囲の建物が彼を凝視している眼で、それはただの建築ではなく、巨大な規模の本物の生物なのか……。本当に、街のなかにいるのだろうか？　それとも森の中、動物の群の真ん中か、あるいは何かの集会か？　夢を見ているように、何の努力もせずに浮いていた。抵抗できない力に運ばれているのだが、その力はどうやら彼の観光客めいた好奇心にも配慮してくれているようだった。

空腹も渇きも眠気もなかったけれど、この旅行は非常に長い間、彼の見積もりでは多分数年間、続いた。訪問しているこの限界のない都市（もし都市だとすればだが）に住んでいるはずの住民を、できれば、知りたいものだった。みんなの視線にさらされながら、彼の方からは誰も見えないという、こんな劣位に彼を置いておくのは、住民の側として全然丁重でなく公平でもないではないか、と思った。すると、彼の望みを聴き入れたかのように、何かが彼と同じようにふわふわ浮かんで出迎えた。現れたものに、その途端すっかり魅了されて、あの建物のようなものは何も気にならなくなった。その何かは人間には全然似ていないし、男性か女性か（あるいは中性か両性か）さえ言いようがない。だがそれが彼の上に及ぼした魅惑と比べられるのは、例えば青い眼のブロンドの素敵なスカンジナビア娘の接近が南欧の男に惹き起こす電撃的な惑乱みたいなものではないか。年老いた苦行者は、失った青春の活力の復活を感じた。二人の織りなす空中バレーは彼に驚異のエロティック体験をもたらした。そうして、全身の刺激の強烈さは耐えがたいほどなのにもかかわらず、いつまでも続けたい、そうして永遠と一体になりたい、全宇宙に溶け込みたいという、身を裂くような欲求の虜《とりこ》になっていた。

研究室にもどったとき、目の前のクロノメーターの秒針がまだ同じ時刻をさしているので目を疑った。すぐに理解した。あれほどの年月、解読に苦心惨憺《くしんさんたん》してきたメッセージの一端をついに理解したのだ、いや理解どころか、体験するに至ったのだ。彼の一瞬のビジョンの都市――それを『回想録』の中で「クアンタ・カー」と名付けることになるだろう――はある別の世界に属している。そこには、あらゆる点から考えて、彼が知ったあのものに類似の存在が住んでいる……。あの何者かの思い出に痛いほど揺さぶられる。再会はほとんどなさそうだという考え――それを払いのけることはどうしてもできなかったが――それに慣れることは決してあるまい。すべては単純な偶然のおかげで、全然会わない可能性もあったという事実は、彼の情熱を静めるには至らなかった。

彼から学問的関心は消えた。それは他人事で、なにやらばかげたことに見えた。彼にしてみれば、メッセージそのものは今や何の重要性もなかった。かくも無慈悲に奪い去られた存在を取り返すことが人生の唯一の目的になった。ただ、はっきり言って、運命はあれだけでも十分に寛大だったのだ。大変なチャンスを彼はもらった。もう一度そのお恵みにあずかりたいというのは欲張りに過ぎよう。

アルカヌム　Arcanum
——秘儀市

　ありきたりの都市でないことはすぐ分かった。とは言え、これまでに訪れた町とどこが違うのか、言いようがないし、どういうわけでそこへ来たのかさえも、分からなかった。この今まで味わったことのない変な感じが次第に高まり、他のことが何も考えられなくなる。どういうことなのか理解しようと、ありったけの注意を振り絞って周囲を見回した。

　目に映る建物は単純な幾何学的立体のさまざまな組み合わせでできていた。しかし細かく見ると結構込み入っていて、表面は平滑と言うにはほど遠く、深く穿《うが》たれ、刻み目が走り、あちこちで暗い凹部や色とりどりの隆起が奇妙極まる形を見せている。

静まり返っていた。初めは、多分、今は朝早く、やっと夜が明けるところだろうと思っていた。けれども、地平線のはるか上の太陽に気がついてびっくりした。この時刻にこれほど静かで、人影がまるでないのは、この街には住む人がいないとしか考えられないが、これはどうも楽しい話ではなかった。いつか、この都市を造った人々がいたはずだ。すると、これは捨て去られた都市というわけか。とは言え、破壊の痕はなく、生活できなくするような暴力の被害はまったく見えなかった。どんな運命のいたずらでこの都市の住民は流浪の道を選ぶに至ったのか……。それとも、この一族は、なにかの呪いのために、静かに消滅して行ったのか？　ともあれ、無人になってから、どれほどの歳月が過ぎたのであろう？

考察がこの点まで来た時、おやと思った。どう見ても、長い時が経ったようではない。建物は丹念に手入れしてある。稜角は今鏝《こて》を離したばかりのように新鮮で、ほとんど完璧で、表面は塵《ちり》一つなく清潔に保たれている。世界中のどの市役所からも羨まれそうなこの衛生状態は、いわゆる放棄された都市の姿とは正反対であった。奇態なビルの屋内へ入ってみようと決めて、そうすれば謎解きが楽になるだろうと確信して、門を、入り口を捜しにかかった。綿密に調べた末、少なくとも目の前のビルの場合、唯一の結論は……壁を乗り越えることらしいと納得した。そういう技術は身につけていなかったから、他のビルで調査を再開する方が利口か。

そう思った時、やっと気がついたが、彼がいるのはごく狭いプラットフォームの上であり、隣のビルまで移動するためには完璧な軽業師の、跳躍のレコードホルダーの、綱渡り芸人の技倆《ぎりょう》が必要で、それだけでなく超一流アルピニストの心得と完全な装備があっての上のことだ。これには呆れて、街路の方をもっと注意深く検討した。すると、それまで街路と見えていたものは実は、ビルの壁と同じような壁の間の傾いた平面、クレバス、クレーター、絶壁などの身の毛もよだつばかりの連続なのだった。

さらにぐるりと遠くまで見渡して、いっそう細かく見ていくうちに、驚倒の直観が浮かんだ。その都市はただ住んでいないだけではなく、住めないのだ！　その建物は窓もドアもない巨大な彫刻に外ならず、その中にはだれも入り込めず、だれも宿れないのだった。街路とはとても言えないその街路は、どんな歩行者も、どんな乗り物も通行できないだろう、広場に（仮に広場があるとしても）人が集まることも不可能だったろう。集まるどころか、誰が何のために建てた街にせよ、その街で人が生き残ることは不可能だったろう、というのも役に立つものがそこには何一つないようだから。そもそも人々が街に集まるのは、おびただしい有用なものを共同で使うためなのだ。そうして、彼は今ようやく本当に気づいたのだが、人々は生き残れるはずがなかったであろう、その一番の理由は、分解を待つだけの無意味な形態に、自分の頭上に崩れかかって押しつぶそうとする物量に、不確かな荒々しい色合いの抑えきれない不安を招く表面に、人々は決して順応できないからだ。

一体、自分はどうしてこんな街へやって来たのか？

様々な考えに沈み込んでいて気がつかなかったが、墓場のような都市の静けさのうちに、初めはほとんど感じられなかったほどの微かなざわめきが、次第にはっきりと一つの異様な息づかいとなって聞こえていたのである。

聴覚を研ぎ澄ましても、どの方角から響いてくるのかつかめなかった。静かな、規則的な、落ちついた呼吸が、空間全体を満たして彼を魅惑した。それはこの不毛の地に唯一の人間くさいものだった。突然、それとともに、覚えのある匂い、汗ばんだ体の、ジャスミンの匂いが鼻を打ち、次いで熱烈なキスが触れるのを感じた。できれば目を閉じてその魅力に身を委ねたかった。それは決して消せない、望みようもない経験に引き込みそうな幻惑だった。くやしいが、瞼は言うことを聞かなかった。あの不条理極まる都市の映像が相変わらず彼に突き刺さり、捉えて離さないのだ。

もしや夢魔の餌食になっているのでは？

覚めているのか眠っているのか確かめるためには、唇を嚙むか、肌に爪を立てねばなるまい。だが顎は食いしばられたまま、指は言うことを聞かない。体は麻痺して、まるで動かないのだった。これは夢を見ているしるしか？　唇が嚙まれた。だが、それは彼の歯ではなかった、肉に痛切な戦慄が走る。だが、彼を愛撫するのは誰の指なのか？　自分の指を調べようとして、ぞっとした。自分の存在が消えている。今思い返すと、この都市に入ってから自分の体を一度も見ていないのだ。

恐怖に固まって、ただ一つの考えが同じところをぐるぐる回っていた。いつになったら彼の意識はこの現実の彼方への投射から抜けられるのか、夢と本当の生活が渾然《こんぜん》となったこの境涯から戻れるのか？　一体、いつかまたもとの自分になれるのか？　自分の一体性を、完全な存在を取り返せるのか？　もしかすると、と自問した。すべては彼の想像力ばかりがきりもなく誘惑の遊びをしているのか？

そのとき、回答のように、膝に熱い膝が触れるのを感じた……。

「主よ」と声にならぬ呻き。「もうやれない！」

私の幻想都市*

都市の創世記――都市生成論 urbogonie（宇宙生成論 cosmogonie からの造語）――は果たして文学のテーマか？　私の短編小説集『方形の円』に「偽説・都市生成論」と副題をつけたのは、まさにその問いに答えるためだった。

ところでその答えは、私思うに、はっきり、「イエス」だ。なぜならば、この本の小説に共通する主題は、ただ都市それ自体の起源、進化、死滅だけではなく、都市文明の運命、集合体の運命、そして都市を建設し、そこに住み、その造形的影響を受ける個々人の運命が主題だからである。実際、小説のそれぞれは、それぞれ一つのほぼ空想的な都市を描写しているが、同時に登場人物たちの運命が都市の運命と密接に結びついている。

ミケランジェロのように、彫刻のプロセスは、完成を待っている像を表に出すために、石塊のもつ余分なものをすべて除去することであると考えるならば、私の本は理念的都市

* *Grande Enciclopedia della Fantascienza*, Ed. del Drago, Milano 1980–Nr. 49, p. 8–9

像の丹念な削り出しの表現と言えよう。それぞれの物語は鑿《のみ》の削り屑に似ている、完成品に席を譲って捨てられるバージョンのようなものだから。こうして都市は、変形実験の繰り返しと究極の調和追求に当てられた、精妙な実験装置という、別の姿を露呈する。実験的手段は外挿《がいそう》的で、一つのあるいはいくつかの構成要素を極大化して、全体の均衡がしばしば犠牲になる。その効果は災厄的、いや破滅的ですらあるけれど、この介入の総体としての成果は、安易な図式化に対する警告、都市の複雑な弁証法を無視するなという警告として、有機性と中庸《ちゆうよう》と総合性の説示として現れる。懐疑的な衣をまとっていても、よく見ていくと、人間には不当な強制からの解放を希求する権利と義務があるのだという、確信的な楽観が浮かび上がる。都市の形状は非常にまちまちだ。多くの物語は、古代都市に始まって中世の城郭、そして近代都市に至る現実の歴史にモデルがある。だがそれを変形し、単純化し、運命を切り離し融合して、先史時代の幹に現代の観念を、あるいはその逆を接《つ》ぎ木し、アバンギャルドの構造にアナクロな観念を植えつけている。しばしば、都市は一つのジッグラート、迷宮、城、大寺院、摩天楼《まてんろう》、さらには宇宙船などのような、大規模に拡大された建築物として現れる。別の場合には、巨大なドームをかぶって気候調節された都市、極地の都市、海中都市、地下都市、空間都市、一個の惑星都市、宇宙都市などのユートピアを目指すモデルもあり、未来志向プロジェクトもある。最後に、超現実主義・抽象・疑似数学に至る、純粋に空想的な構造もある。

都市の外観は、明快に、すぐ分かる形で提示されていることが多い。その場合、物語は居住地の細かな、順序立った描写で始まり、住民生活の展開の上に組み立てた環境解剖の（時には意外な）結果を物語の進行が露わにする。登場人物としては、個性のはっきりした個人のほか、グループ全体や、数世代にわたることさえある。こうしたケースと違って、叙事詩的な方面に、登場人物の運命にアクセントがある場合は、都市の物理的枠組みは推測に任され、描写は仄めかす程度になる。

『方形の円』の諸短編の制作へと私を導いた建築の概念は、人間が時空連続体を自分の存在に役立つように組織化する過程の中心にあるもの、均衡の取れた、完璧なもの、それが建築だという解釈に由来している。機能的調和の攪乱《かくらん》、構成要素の均衡の攪乱、建築物と自然との有機的関係の攪乱はすべて、建築の表現範囲の荒っぽい放棄であり、それは人間存在に対して否定的な結果をともなう。本書のこの中心的理念が、理論によらず、文学特有の手段で示されている。物語の中で実験的に提起される時空組織化の多様なモデルは、建築以外のジャンルと同様にさまざまである。

この異常な建築において空間と時間がどうなるのかは分析に価する。時空の内容は物理学で知られているような性質を変えずにはすまない。空間は膨張したり、局地的変形をこうむったり、一次元だったり二次元だったり、自閉したり縮まったりしている。もし同形ないし等質である時は、その空間の居住者にとって絶対的な均一化が避けられなくなる。

時間の方はと言うと、早く流れたりおそく流れたり、同じ時点をぐるぐる回っていたり、平行して異なる速度の流れに分かれたり、全く停止することさえある。空間と時間のいろいろなタイプの結合によって、ニュートン力学の古典的現実から、示唆されるだけの夢幻的体験まで、多数のバリエーションが生まれる。その中では知覚システムのそれぞれが別別の時空表象を生み、登場人物たちはちぐはぐな世界の混沌を放浪するよう宣告される。短編はそれぞれ独立していながら、本としては単一の全体を構成する。構成要素のつながり方は、本物の宇宙から夢の王国への移行のアルゴリズムに適した交響曲的構造に対応する。現実世界からのこの遊離の緊張は最後の極限まで高まり続ける。

時空の観測による魅力的映像を通して建築の審美性が示されている。しかし、社会的、精神的、生物学的帰結はもっと示唆に富む。時空の構造の影響は社会の組み立てだけでなく、個々人の人格、生理、解剖学にまで至る。同形の空間ではあらゆる社会階級が消滅し、個々人が等質化して全く同じになる。水中環境の居住者はついにイルカに似てしまう。完全に気候調節されたドームの下の都市では進化が逆転して人間は原始人に戻り、さらに類人猿段階に進む。意図と結果の食い違い、外見と本質のコントラストが独特なドラマを産み出して、しばしばアイロニーが際立つ。

この『方形の円』を書いている時、私はどの程度まで自分の建築士という職業に忠実だったか、またどの程度まで作家の創造活動が優越していたのか、それをはっきりさせるのは難しそうだ。ともあれ、言えることは、建築科を出ていなかったらこのような本は書けなかった。たとえ、都市論学者が専門的立場で私の本から学ぶことが何一つなかったとしても――そもそも副題にあるように、偽説なのだから――この職業の内なるバネの、建築の本質と諸法則の認識が、私に人間文明のX線撮影の特殊な一技法を発見させ、そうして人間居住地に関する学問の範囲で終わりそうな観察を、文学の分野に浸透させた。結局のところ、私の本が相手にするのは現代の人間であり、自らの苦労と希求、執念と成功、屈辱と栄光を映す鏡の前に現代人を置く。

都市と建築はただの口実である。本当の主題は光明をめざす人類の長い、曲がりくねった道程である。一見したところでは挫折の連続だが、しかし実際は不断の上昇過程にある一つの道である。

フランス語版あとがき

いくつかの想像上の都市の短い叙述で本を一冊作るというアイデア——その中に五〇〇〇年の都市史の偉大と悲劇を圧縮する——は、私が「スクンテイア」紙の建築と都市問題欄を担当していた頃、ある偶然から生まれた。一人の作家が、記念館になっているある家屋の取り壊しに抗議する公開状を編集部へ送ってきた。部内で私の意見が求められたので、私はそれへの回答を短編小説の形で書いた。それがこの本の種子となった「学芸市（ムセーウム）」である。それは一九六九年の秋のことだった。ソ連軍の戦車のプラハ侵入に対してルーマニアの若き大統領チャウシェスクが公然と抗議してから一年後のこと。多くの人が、それもブカレストだけの話ではなく外国でも、ルーマニアは民主主義を目指して進化していると思い込んでいた（なんたる思い違い！）時代であった……。

一九七一年七月、ちょうど私が『方形の円』の原稿を完成したときに、中国を真似《まね》たルーマニア式の「文化革命」が始まっていた。だが書いている時は検閲のことなどまるで頭になかった。それどころか、無邪気なもので、ある種のタイプの都市文明、ある種の社会モデルに関する考察にまつわる皮肉、諷刺《ふうし》が、体制に向けた批判と解釈されようとは思いもしなかった。だが起こったことはまさにそれだった。いくつかの出版社は私の原稿を黙って突き返すか、または根本的に書き換えろとか、社会主義ルーマニアの輝かしい都市を、人類の黄金の未来の光輝に満ちたコミュニズムの砦《とりで》を描写する楽天的な章を多数追加せよなどと求めてきた。四年間出版社を訪ね歩いた末に、一九七五年、遂に本は印刷された。だがイラストは除かれ、検閲によって Vavilon、Arapabad、Isopolis、Záalzeck、Poseidonia、Homogenia、Moebia sau Orașul Interzis、Motopia、Arca、Geopolis の一〇編が削除され、ほかにも数か所、鋏《はさみ》の跡があった。

一九七九年にブカレストでイタロ・カルヴィーノ『見えない都市』の翻訳が出版された。私は原書刊行の年代が一九七二年とあることから判断して、こう自答した。その独自性においてこれほど酷似し、スタイルでは全く異なるこの二つの本は、ちょうど同じ時期に構想され、書き上げられたようだ。なんと不思議な偶然の一致だろう！　そうしてアメリカに富豪の親類がいると分かったシチリア人みたいに喜んだものだ。

『方形の円』所収の短編のいくつかは雑誌や選集に――ルーマニア、フランス、ドイツ、イタリア、ベルギー、ハンガリーで――発表された。それも何編かはルーマニアで単行本の初版が出る前だった。しかしフランスの読者の皆さんの手にされた本は完訳であり、しかも、脱稿後二〇年を経て初めて世に出た完全版である。

一九九二年七月

スペイン語版まえがき

この本のスペイン語への翻訳は私のために収支決算のよい機会になります。特に、四〇年前、出版界にデビューしてから間もない頃、この本を書きはじめた時は、それがどんなぐあいに、どこまで自分の人生に影響するか想像もしませんでした。これを紙に書いていたおよそ二年間だけのことではありません。それは、コミュニズム独裁下、厳しい自己検閲を課してくるあらゆる外的条件を無視して、自発的殉教《じゅんきょう》のように、日曜日ごとに、短編を一つまた一つ、そうして一ページまた一ページと形作っていく忘我の情熱に身を委ねていた二年間でしたが。また、耐えがたい束縛に対する断乎とした挑戦の代償として検閲という関税を払った上で初版が出るまでに過ぎた、あの四年間のことだけでもありません。一旦発行されると、検閲で切り刻まれてはいても、またそのほかの不利な諸条件にもかかわらず、実際上、私の方からは産みだしたということ以外、何一つ役だつことはしていないにもかかわらず、本は自前の存立を獲得しました。控えめながら消えない魔術のように、検閲で削除されたテキストがどこかの文学誌に掲載され、いくつかの短編は国内外の作品集や定期刊行物に収録され、それからフランスで完全版が翻訳発行されました。チャウシェスク後の時代を一〇年あまり待ったのちに、母国ルーマニアでもようやく完全版が日の目を見ました。

この紆余曲折《うよきよくせつ》に関わる災難のうちには目覚《めざ》ましいのも、グロテスクなのも、滑稽なだけなのもありますが、ここでそれを書き連ねようとは思いません。いつか触れるにふさわしい所や時もあるでしょう。それでも、わが文学の導師であるアドリアン・ロゴズのことは書いておきたいと思います。彼はソクラテスの弁論の助産法のように私の執筆を助けてくれたばかりか、また最も熱烈な出版プロモーターでした。彼は私以上にこの本の果報を強く確信していて、私に予言しました。「いつかは必ず……爆発するよ!」と。そのほか、この本のおかげでいくつかの友情が紡《つむ》がれました。一番最近の喜びはスペイン語のすぐれた翻訳者で序文も書かれたマリアーノ・マルティン・ロドリゲス氏です。この機会にロドリゲス氏に御礼を申し上げます。しかし、本書の私への最高の贈り物は、私の妻になる女性の愛情です。この本をプレゼントしたそのあとで、突然、彼女の私を見る目が変わったのです。そうして、マリアナと一緒でなかったら、ドイツを第二の故郷に選ぶことはなかったでしょう。

まことに口惜《くちお》しいことですが、私は――先行したフランス語版、進行中のドイツ語版のいう、この翻訳の美味を楽しめないという場合と違って——スペイン語をよく知らないので、この翻訳の美味を楽しめないという、どうも情けない状況にあります。それは、この本の自立が、作者離れがまた一段進んだということでしょう。でも私の喜びは少しも衰えません。われらのアドリアン・ロゴズはセルバンテスを崇拝しただけではなく（彼ロゴズ自身二〇世紀のルーマニアに迷い込んだドン・キホーテでした）、ボルヘスのことも心から崇拝していました。——そうして私にとっても、自分の書いたものをセルバンテスやボルヘスの言葉に訳してもらうことより大きな喜びがありましょうか？　そうして、親愛なるスペイン語の読者諸兄は看破《かんぱ》されるでしょうが、ボルヘスとこの本とのある種の類縁はただの偶然ではありません。『方形の円』の一冊、それも、過去、現在、未来の各言語一冊が『バベルの図書館』の際限ない書棚に見つかることはほとんどまちがいないでしょう。この本の中で記述された都市群にトレーンよりも適した場所は見つからないのと同様に。

π《パイ》への道

アーシュラ・K・ル＝グイン：英語版序文

一、二年前、*La Quadratura del Circulo* という綺麗な小さい本が送られてきた。私への献辞が英語と、ルーマニア語らしい言葉で書かれていた。その本にはマリアーノ・マルティン・ロドリゲスの魅惑的な手紙が添えられてあり、これはギョルゲ・ササルマンのルーマニア語原本から自分が翻訳したもので、自分も原著者も、私がこの本をおもしろいと思うことを、そうしてだれか英語に訳す人を示唆していただけることを望む、とあった。

その本は、私の大好きなイタロ・カルヴィーノの『見えない都市』のような、それぞれ違う都市についての一連の短い物語のセットだった。この類似は興味を惹いたし、冒頭の二編は期待を持たせた。けれども私は忙しかった、しかも私のスペイン語はまだるっこしい。そういうわけで、送り主と原著者にお礼を言った後、長いことこの本については何もしなかった。しかし本はずうっと私の書斎のそこかしこにあり続けた。多分、ただ表紙（フレミングという知らない人の描いた壮麗なバベルの塔）が気に入ったからか。あるいはどうやら、この本が強い効果を及ぼしていたからか。

ある種の本が、読まれていない本が、効果を及ぼす。それは合理的でなく、説明は容易でない。それらはアニメ映画になった場合のようには輝きもせず響きもしない。それらはただ見えている、そこにある。この本がある、書店か図書館の本棚に、あるいはこの本のように私のデスクの上の山積みの中に。そうして明らかに「読んでくれ」とささやいているのが分かる。すると、たとえその本が何なのか、何についてなのか、まるで知らなくても、私はそれを読まなくてはならない。

こうして、少しずつ、私は従った。私のモチベーションは全く非合理というわけではなかった。物語を書かなくなってから、私は自分が翻訳したらよさそうな物語を捜していた。フランス語では何も見つからなかった。私のスペイン語（プラス辞書）は、どちらかというと〝クラシックな〟ボキャブラリーで書かれた本なら何とかなる。それがミストラルの詩とゴロディッシャーの『カルパ・インペリアル』を訳した理由だったのだが、この本の物語はまさしくそういうカテゴリーだった。読み進むにつれて、うずうずして来た。さあ、これを英語にしたらどんな本になるかしら……。

私は翻訳を愛する、私は愛のために翻訳するのだから。私は一個のアマチュアだ。私があるテキストを翻訳するのは、それを愛しているから、あるいは愛していると思っているから、そうして愛はより親身な理解を切望するからだ。私にとって、とりわけラテン語とスペイン語の二つの言語においては、翻訳とは発見である。その二つは最近学んだ言葉で、流暢《りゅうちょう》には行かない。あるスペイン語のテキストは何を言っているか、それをどう言っているか、それを英語ではどうやって表現するか。それを解決する試みは苦労がいっぱいで、恥ずかしくさえあるプロセスだが、それをくぐり抜けない限り、スペイン語のテキストを本当には理解できまいということを、私は知っている。発見のプロセス。

これは自分の作品を自分の言語で構成し、書く場合にも、ある点では、同じように真実である。私はいつも何を言うべきか、それをどう言うべきかを発見するために書いていた。けれども創作は、八〇歳の私がもう持っていない大きな精神的、情緒的、肉体的エネルギーを要求する大仕事だ。翻訳は、著者のエネルギーを表現しようと試みるだけでいい。私は著者が創作に注ぎ込んだ生命エネルギーを借りる。盗む、真似する、使う、生きる、寄食する、植民する、寄生する、どう言ってもいいけれど。

また、翻訳は添削に似ている。弾《ひ》いてみて、変えて、ひねって、足して、減らして、やり直して、よく考えて、もう一度辞書を見て、もう一度語彙集を見て、もう少し弾いてみて、これ以上直せなくなるまで耳を傾ける。私はいつも添削が好きだった。それは発見の一部分――やさしい方の部分だ。

そこで私はササルマンのいくつかのストーリーの翻訳をもてあそんだ。マリアーノはルーマニア語の原書とエレーヌ・レンツのフランス語訳を送ってくれ、両方とも、私のスペイン語が行き詰まったり、オリジナルの言い方を見たいときに(ルーマニア語は結局ロマンス語でラテン語由来だから、私には読めないにしても、半ば親しみがある)役に立った。その間にマリアーノと私はEメールで通信し始めていた。すべてが、まるでそう予定してあったかのように、たいそう好調に運んだ。私はルーマニア語の使い手を一人も知らなかったから、訳者を見つけられなかった。でも、いくつか訳せば、私のエージェントが雑誌に出してくれるかもしれないと考えた。そうしている間に、短編集を検討しそうな版元のことを考えた。本の性質(幻想的、知的、諷刺的、実験的)から、真っ先に頭に浮かんだ出版社が Aqueduct Press だった。私は Aqueduct に手紙を書いて、関心があるだろうかと尋ねた。

そうして、さあ、この本ができた。

あなたには、ある本が私に例の「読んでくれ」をやるとき、なぜ私がそれを真に受けるのか分かりますね。その本には自分のやっていることが分かっているのです。あらゆる生き物がすることをしているのです。自分を永続させること、死なずにいること、できれば増殖すること……

ここまでの説明であなたはこの本が重訳だと知った。明らかに、ルーマニア語の本にとって英語になる理想的な道はスペイン語を経由することではない。それでも、行き止まりよりはましです。それに、すばらしく幸福な協力のプロセスが関わっていた。私はいつも一度に四つか六つの訳文をマリアーノに送り（彼の英語力は彼の気前のよさとおなじくらい偉大）、助けと誤解の許しを請い、著者の真意を彼がどう考えるか尋ねた。彼は応えて、訂正し、示唆し、説明し、激励し、そうしてときどきは、ちょうどそのセンテンスで訳すのに苦労したと告白した。一度か二度はササルマン氏が最終の真正の権威ある言葉（これは鷲ですか鷹《たか》ですか？）のために呼び出されたと思う。それは親切なプロセスであり、結果は私が自分でやれたどんなことよりも計り知れないほどよかった。とは言え、私のプライドにかけて言うが、すべての間違いと誤解は、それは私自身のものである。

原書には三六編あり、ここには二四編ある。翻訳しなかった分は根本的に私の理解に抵抗した。あるいは、いくつかの話の中では、二〇世紀中葉のヨーロッパの男性の女性に対する態度が、この物語全体としての都会的な、人情味のある、価値破壊的な、めっぽう皮肉な感性と奇妙に食い違っていて、私はうまく合わせにくかった。

ササルマン氏は自分の本のむしろ些末なところにひどくこだわる。次に掲載するのはフランス語版に寄せた著者のあとがき（訳者注：前掲）で、よく似ていながら全然似ていないカルヴィーノの本と同じときにこれが書かれたという偶然を語り、それから非常に騒然とした彼の故国でのこの本の騒然とした経歴について軽く触れている。

おそらく、原語から直接訳せるプロの翻訳者が、いずれアメリカでわれわれのために円全体を正方形にしてくれるだろう。それまでのところ、ここに、その三分の二がある。それと並べて、πに至る無限の道に沿う予想外のサイトのいくつかへ心の眼の焦点を合わせられるように、著者自身のエレガントな謎めいたイラストが添えてある。

訳者あとがき

ギョルゲ・ササルマンの家庭は一九四一年にハンガリー占領下の北トランシルバニアからルーマニアの首都ブカレストに逃れてきて、ギョルゲはそこで生まれた。戦後帰郷するとクルージュの高校を首席で出て、ブカレストのイオン・ミンク建築学校を一九六五年卒業、共産党中央機関紙「スクンテイア」の建築・都市計画のコラムを受け持つかたわら、SF作品を発表し始める。このころ、ある作家の公開状への回答として書かれたが掲載されなかった短編「ムセーウム（学芸市）」から出発したのが『方形の円』全三六編だった。

ササルマンは『方形の円』が作者にとって文学のみならず人生において特別な位置を占めるとして、そのポイントを三つあげている。

第一は、スペイン語版まえがきにもあるように、この本を贈られた女性マリアナの態度がそのあと「突然」変わって結局生涯の伴侶となり、最良の読者かつ批評家ともなり、二人の子までもうけたこと。第二は、本書の成立と普及の全ての局面で畏友《いゆう》のアドリアン・

ロゴズが決定的役割を果たしていること。数理哲学者ロゴズはルーマニアSFのドンともいうべき作家・批評家であるが、『方形の円』の真価を原稿段階で認めて絶賛し、まだ無名に近い著者を終始励まして出版実現に導いた。第三には、この作品が数奇な運命をたどったことである。

一九六八年、チェコスロバキアの変革『プラハの春』をワルシャワ機構軍が圧殺したとき、機構内で唯一介入に反対したルーマニアの若きチャウシェスク大統領は輝かしい自主独立の旗手として西欧の賞賛を集めたが、一九七〇年代に入るとまもなくルーマニアの疑似民主化の仮面はどこへやら、毛沢東に倣《なら》った「文化革命」の嵐が吹き始める。それでも当局の忌諱《きい》に触れることがあろうなどとは夢にも思わず書いていた『方形の円』だが、検閲と出版界の自己規制の壁に阻まれる。一九七五年に辛うじて刊行に漕ぎつけた初版（ダチア出版社）は、三分の一に近い一〇編が削除され、力を注いだシンボリック・イラストも外された、言わば未熟児だった。

実は内外の雑誌やアンソロジーに部分的な復活は散発していたのだけれども、三六編すべてそろったのはチャウシェスク独裁体制転覆ののちで、一九九二年のフランス語訳が最初であり、脱稿から二〇年を経ていた。本国ルーマニアではようやく二〇〇一年に完全版が出た。やがてスペイン語（二〇一〇年）、さらにドイツ語（二〇一六年）とヨーロッパの主要言語に訳されているが、特筆したいのはアメリカで『ゲド戦記』などの巨匠アーシュラ・K・ル＝グインがスペイン語版を読んで惚れ込み、二四編を選んで英訳、二〇一三年に刊行されたことだ。東欧の小国からSFの本場への入場だった。

私は四〇年ほど昔にロゴズを通じて初版を頂いていた。しかし、白状しなくてはならないが、邦訳を思いついたのは、ル＝グインの取り組みを知った時だった。アメリカ人も読んでいるのに日本語版がなくては、自分の商売柄から恥ずかしいなあ、と。

邦訳の典拠にしたのはNEMIRA社から刊行された二〇一三年版。これは検閲削除分を原稿どおりに復活した他に資料追加があり、初版の一〇六ページから二倍半に近い二五〇ページになっている。

追加の巻末資料のうち、「私の幻想都市」は、完全版が日の目を見る以前の一九八〇年、イタリアのSF百科事典に寄稿した自著自解である。フランス語版あとがきとスペイン語版まえがきに、この作品の誕生以来の道のりの苦難や、ようやく本当の意味で世に出た喜びなどが語られている。マリアーノ・ロドリゲスによる長大な序文と、著者自身のこれも長大な「回顧四〇年」はこの邦訳からは割愛した。ほかにル＝グインによる英語版序文を新しく加えた。

『方形の円』の内容解説は酉島伝法さんから寄せられた卓抜かつ洒脱な御案内にゆずるが、本国で発表当時SF愛好者を戸惑わせた事情について、マリアーノ・ロドリゲスが「SF主流から外れて、早すぎたポストモダンだった」と位置づけているのは興味ぶかい。ルーマニアでポストモダンが市民権を得たのはミルチャ・カルタレスクをさきがけとする「八〇年世代」の登場からだった。

‡

ギョルゲ・ササルマンはドイツに住む。一九八三年、カナダから帰国しない（非合法な）兄がいることからジャーナリスト活動ができなくなって、ドイツ系の妻マリアナの伝《つ》手《て》でミュンヘンに移住した。事実上の亡命だった。そのころ、ミュンヘンの自宅を訪ねると、システム・アナリストとして妻子三人の暮らしを立てていた。創作は、と訊ねると、その時間はとても取れないという様子だったが、今は執筆に専念している。ＳＦのほかにも、自伝的長編『アントン・レテガンの数奇な冒険とその調書』（二〇一一年）や、文明論「認識と信仰」（二〇一四年）などを発表している。

二〇一九年五月　住谷春也

解説

西島伝法《とりしまでんぽう》

遠くから見ると、その都市集積体の形状は、厚みの薄い単純な直方体にすぎなかったが、内部は二百を超える多層構造をなし、多種多様な三十六の都市と六つの観光案内所に分かれていた。わたしは上層から、時空が複雑に連なる都市の階層を目眩《めまい》を覚えながら下っていき――その間に幾度となく命を落とした気がする――それぞれの場所で揺さぶられた感情を抱え込んだまま、最低層に近い観光案内所のひとつに辿り着いた。

だが周囲には案内員らしき人影はおろか、建築物ひとつなく、真っ白な大地だけが見渡す限り広がっている。それも当然で、わたしこそが都市集積体への先行招待につられてここへ来ることになった新任の案内員であり、案内所の設計士兼作業員でもあるからだ。

わたしは影ひとつない白い大地を掘り、そこに埋もれている無数の文字材をずるずると引きずり上げては、小首をかしげて地中に戻す。つまり少々途方にくれている。というのも、これらの都市を案内するにはどうすればいいのか、ボルヘスの短編に出てくる実物大の地図みたいに同じ数の文字材が必要になりはしまいか、などと考えながら階層を渡り歩いて最初の案内所につくと、ルーマニアで生まれた、一度聞いたら忘れられない名前の都市設計者本人がいて、製作意図やその背景などを詳細に話していたからだ。次の案内所にも、次の案内所にも同じ都市設計者本人がいて、また異なる角度から案内をしてくれた。さらには、偉大な英訳者と邦訳者のいる案内所もあった。どの内容も素晴らしく充実している。とはいえ案内所が多すぎないだろうか。もしかしてここは案内所が際限なく増殖する隠れ都市だったりするのだろうか。これだけ良い案内所が幾つもあるというのに、なにを付け加えられるだろう。先達の声に倣って唇を動かすことにしかならない気がする。

それでもなお、私はなにかを言わずにはいられないだろう。三十六都市によって喚起されたなにかが、方形と円に膨縮する鼓動を繰り返し続けているからだ。

この都市集積体を一冊の本に喩《たと》えればもうすこし言葉にしやすいかもしれない。ここが紙の上なら、そちらではこれらの文字がすでに印刷されていて、こちらではいま書いているところだ。

本書『方形の円　偽説・都市生成論』には、読む前から期待せずにはいられなかった。『見えない都市』を思わせる様々な架空都市についての断章であるらしいし、翻訳を手がけたのは、愛読していた『エリアーデ幻想小説全集』の編者であり主な翻訳者である住谷春也さんである。そして読み始めるなり、これは存在すら知らぬままに、手に取って読む日を長らく待ち焦がれてきた本に違いない、と感じた。

『方形の円』の各都市をなす記述は掌編ともいえる量だが、それぞれ短編や長編が書けそうなほどの奇抜なアイデアや思考実験が惜しげもなく詰め込まれ、無数の住人のいる空間の広がりや、ときには数世紀に及ぶ長い歴史が固く圧縮されている。ちょっとつついただけで一気に膨張して、栄枯盛衰の雪崩が起きそうなほどに。それが三十六編もあるのだ。

印象的なシンボリック・イラストに導かれる冒頭は、たいてい都市の俯瞰《ふかん》から始まる。ジグラートに似た七層の街、雪花石膏の天井が碁盤状に配された街、幾何学的立体からなる無人の街、絶壁の上にある侵入不可能な要塞、一つの設計図から作られた数千の家屋が並ぶ都市、森林を含む広大な土地を覆う透明ドーム、知覚では把握できないもの――古代といわず現代といわず未来といわず、図面から立ち上げるように様々な情景を鮮やかに喚起し、そこに住む人々の気配や、もしくは誰もいない静けさを肌に感じさせつつ、圧縮された年代史を早回しのようでいてゆったりと感じられるソリッドな筆致で描く。

特異でない都市はなく、どの話もその慣性を保ったままさらなる奇想や幻想に相転移する。「グノッソス（迷宮市）」のように、知っているつもりの神話に目の眩《くら》むような別の視座を与えられたり、名を知られていない都市「・・・・・」のように幾つもの矛盾する証言で語られたり、「カストルム（城砦市）」の軍団司令官に投げ槍が命中した瞬間のように驚くべきものを垣間見せられたり――

　聞いていたとおり『見えない都市』との共通点は多い。大ハーンの出てくる「モエビア、禁断の都」という話まである。カルヴィーノは「柔かい月」という傑作奇想SFを書いているが、本書にはまた別のアプローチで月の真実に迫った奇想SF「セレニア（月の都）」があり、こちらも素晴らしい。読んだ後では、月を眺めながら夢想することに後ろめたさを感じてしまう話だ。ルーマニアとイタリアに同時期に生じたふたつの架空都市群の収斂進化は、正にカルヴィーノ的であり、ササルマン的であり、さらに他の誰かが書き記した、まだ発見されていない架空の都市の断章をも予感させる。

　そうやってカルヴィーノとの共鳴を感じつつ読むうちに、顔の見えない語り口もあいまって、じきに『見えない都市』とは異なる資質を次々と感じるようになる。ブルーノ・タウトの〈宇宙建築師〉や〈アルプス建築〉であったり、ソビエト連邦の抑圧的な官僚主義下で国際コンペに活躍の場を見出したミハイル・ベロフやブロツキー&ウトキンといった紙上建築家《ペーパー・アーキテクト》たちの架空建築画を連想させるのだ。どれだけ奇抜で実現不可能な建築物であろうと、その下地には確固とした図面が存在するような。それもあってか、都市構造が原型的に機能し、読みながら様々な小説の記憶が脳内からすくい上げられる。例えばレイナルド・アレナスの『めくるめく世界』。例えばロバート・A・ハインラインの『宇宙の孤児』。J・G・バラードが『ハイ・ライズ』「至福一兆」「大建設」といった都市ものを濃縮小説《コンデンスト・ノベル》形式で書いたように感じることもあった。SFが並んだのは故《ゆえ》なきことではなく、実際にSF的設定が数多く用いられているからだ。コンピューターに管理された、一望できないほど巨大な塔の都市、巨大機械によってレース編みのように作られるハイウェイ網、その上を走る車のような機械人ホモービル、宇宙からの謎の信号、宇宙移民船の内部の都市、時間旅行、ポスト・ヒューマン——

——ここが都市のひとつなら、そろそろ滅ぶ頃合いだろうか。

本書では、主に都市自体に視点が据えられ住民からは距離をとっているが、不意に巧みなさじ加減で主観に入り込む。ときにはすべてが住民に寄った視点で書かれ、物語らしさをまとうこともある。例えば「サフ・ハラフ（貨幣石市）」ではロード・ノウシャーという人物が、都市内部の螺旋状の暗がりを延々と歩み進む様とその先に待ち受けるものを描き、「プルートニア（冥王市）」では、男が天地開闢《かいびゃく》いらい脇目も振らず地中を掘り続ける姿を描き、「ダヴァ（山塞市）」では、三人の登山者たちが、山頂にある誰が築いたともしれない塞《とりで》にたどり着き、世界各地で宙吊りになっていた出来事の真相を目の当たりにする。これらの話から、ササルマンが都市設計者としてだけでなく、卓越した幻想小説の書き手であることも判る。その幻想性の比重が視覚の方に移ると、「アンタール（南極市）」のような言葉でできた幻燈となる。太陽が水平線を越えることのない場所にある、氷で作られた透き通った街のなかで、燐光を帯びた住人たちが行列をなして歩くイメージは美しく忘れがたい。

――ここが都市のひとつなら、いまいちど滅ぶ頃合いだろうか。

三十六都市の多くは、何がしかの原因によって滅びを迎える。あるいは、幾度も容赦のない天災や襲撃などに見舞われながらも、しぶとく再興する。そこに検閲による削除と後の復活を重ねることもできるだろう。粘土細工のごとく作っては潰し、作っては潰しを繰り返すことで、都市やそれを作る人間とは何であるのかをやみくもに確かめようとしているかのようでもある。あるいは都市が作る人間を。

そう。人々が都市を作り続ける一方で、都市は人々の習慣を、思考を規定し、家族や人間関係を分断し、ときには肉体までも文字通りに変容させる。まさにポスト・ヒューマンであり、「ゲオポリス（地球市）」ではそれら様々な種が取り上げられ、他の都市との関連がほのめかされる。

これらの都市を束の間訪れただけの読者の認識も、変容を免れない。読み進むごとに、架空の都市群とその歴史を介して、自分が普段暮らしている都市やその歴史までもが照り返され、色彩や輝きが、影の向きや長さが変わっていく。

〝いつからこの中にいるのか、思い出しさえしなかった〟

〝住民は境界を知らず、誰一人として外から街を眺めた覚えがなかった〟

自分が馴染みきった場所では、もはや道に迷うことも、なにかを見ることすらできない。けれど異質な場所で新たな眼を得れば、これまでは気づけなかった、あるいは意識の外に追いやってきた側面をこの世界に次々と見出して、そこが三十六都市と同じような、不条理で容赦のない異様な場所だと知ることになる。それはもしかしたらササルマンが、最初の都市であり本書の種子となった「ムセーウム（学芸市）」を、現実の問題に向けて書いたことと関係しているのかもしれない。

私は案内所についての自分の考えがある程度あっていたことに気づく。やはり案内所は増殖している。し続けるだろう。三十六都市の遍歴者たちは、もう元いた都市がどれなのかも判らなくなり、真っ白な階層を見つけて、誰のためとも知れず新たな案内所を建てずにはいられなくなるからだ。

本書は二〇一九年、小社の海外文学セレクション
の一冊として刊行された作品の文庫化です。

検　印
廃　止

訳者紹介　1931年群馬県生まれ。東京大学文学部卒。ブカレスト大学文学部博士課程修了。85年レブリャーヌ『大地への祈り』で日本翻訳家協会文学部門最優秀賞を受賞。2004年ルーマニア文化功労コマンドール勲章受章。訳書にエリアーデ『マイトレイ』、カルタレスク『ノスタルジア』など多数。

方形の円
偽説・都市生成論

2023年9月29日　初版

著　者　ギョルゲ・ササルマン

訳　者　住《すみ》　谷《や》　春《はる》　也《や》

発行所　（株）東京創元社
代表者　渋谷健太郎

162-0814/東京都新宿区新小川町1-5
電　話　03・3268・8231-営業部
03・3268・8204-編集部
URL　http://www.tsogen.co.jp
DTP　キャップス
暁印刷・本間製本

乱丁・落丁本は、ご面倒ですが小社までご送付ください。送料小社負担にてお取替えいたします。

© 住谷春也　2019　Printed in Japan

ISBN978-4-488-79601-3　C0197

カフカ的迷宮世界

Nepunesi I Pallatit Te Endrrave◆Ismaïl Kadaré

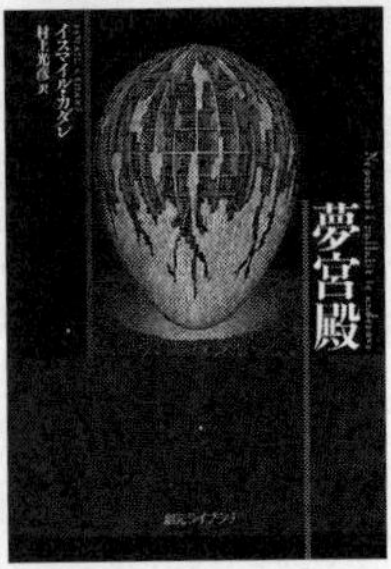

夢宮殿

イスマイル・カダレ
村上光彦 訳　創元ライブラリ

◆

その迷宮のような構造を持つ建物の中には、選別室、解釈室、筆生室、監禁室、文書保存所等々が扉を閉ざして並んでいた。国中の臣民の見た夢を集め、分類し、解釈し、国家の存亡に関わる深い意味を持つ夢を選び出す機関、夢宮殿に職を得たマルク・アレム……国家が個人の無意識の世界にまで管理の手をのばす恐るべき世界！

◆

夢を管理するという君主の計画。アルバニアの風刺画！
――《ヌーヴェル・オプセルヴァトゥール》
ダンテ的世界、カフカの系譜、カダレの小説は本物である。
――《リベラシオン》
かつてどんな作家も描かなかった恐怖、新しいジョージ・オーウェル！　――《エヴェンヌマン・ド・ジュディ》

これは事典に見えますが、小説なのです。

HAZARSKI REČNIC◆Milorad Pavič

ハザール事典

夢の狩人たちの物語

［男性版］［女性版］

一か所（10行）だけ異なる男性版、女性版あり。
沼野充義氏の解説にも両版で異なる点があります。

ミロラド・パヴィチ

工藤幸雄 訳　創元ライブラリ

◆

かつてカスピ海沿岸に実在し、その後歴史上から姿を消した謎の民族ハザール。この民族のキリスト教、イスラーム教、ユダヤ教への改宗に関する「事典」の形をとった前代未聞の奇想小説。45の項目は、どれもが奇想と抒情と幻想にいろどられた物語で、どこから、どんな順に読もうと思いのまま、読者それぞれのハザール王国が構築されていく。物語の楽しさを見事なまでに備えながら、全く新しい！

あなたはあなた自身の、そしていくつもの物語をつくり出すことができる。
――《ＮＹタイムズ・ブックレビュー》
モダン・ファンタジーの古典になること間違いない。
――《リスナー》
『ハザール事典』は文学の怪物だ。――《パリ・マッチ》

世界幻想文学大賞受賞

The Dream-Quest of Vellitt Boe◆Kij Johnson

猫の街から世界を夢見る

キジ・ジョンスン

三角和代 訳　カバーイラスト＝緒賀岳志

創元SF文庫

◆

猫の街ウルタールの大学女子カレッジに
存亡の一大危機がもちあがった。
大学理事の娘で学生のクラリーが
“覚醒する世界”の男と駆け落ちしてしまったのだ。
かつて“遠の旅人”であった教授ヴェリットは
クラリーを連れもどすため、
危険な“夢の国”をめぐる長い長い旅に出る。
ヒューゴー賞・ネビュラ賞を受賞した
「霧に橋を架ける」の著者が
ラヴクラフトの作品に着想を得て自由に描く、
世界幻想文学大賞受賞作。